CLÉMENTINE,

ORPHELINE et ANDROGYNE.

Je ne suis plus une femme je ne suis plus un homme, mais un lion.

CLÉMENTINE,

ORPHELINE ET ANDROGYNE,

OU

LES CAPRICES DE LA NATURE
ET DE LA FORTUNE.

Par P. CUISIN,

AUTEUR DE QUELQUES ROMANS.

Cet homme d'une vierge a le sein ravissant;
Cette femme, l'œil fier d'un bel adolescent,
Fille et garçon, l'amour lui prodigua ses charmes :
Aux bois elle est Diane, et Mars au sein des armes;
Et dans tout son éclat déploie aux yeux surpris
La valeur d'un héros et les traits de Cypris.

(ENÉIDE.)

TOME PREMIER.

A PARIS,

CHEZ DAVI ET LOCARD, LIBRAIRES,
quai des Augustins, N°. 3.

M. DCCC. XX.

DISCOURS

PRÉLIMINAIRE

Sur le caractère du Héros ou de l'Héroïne de ces Mémoires, ainsi que sur le fond moral et le but d'utilité qu'ils présentent au lecteur.

———

Lorsque je fis paraître mes premiers ouvrages, que le public daigna honorer de quelques suffrages, j'étais fort jeune alors. Doué d'une imagination plus exaltée que riche et féconde, il me fut facile de trouver dans la société, des vices, des mœurs, des caractères, que j'eus d'ailleurs grand soin, suivant l'usage, d'enluminer des fictions du roman. Cherchant à connaître mon siècle, et surtout la classe de mes lecteurs, je donnai beaucoup plus à l'aimable imposture, à la riante frivolité, qu'au solide ennuyeux, ou à la vérité dépouillée des attraits de l'invention. La plupart du temps, ne puisant mes élémens que dans mes propres rêveries, je filais tant bien que mal un tissu d'aventures qui n'étaient pas quelquefois sans intérêt, surtout sous le rapport des vives couleurs dont je m'appliquai à les orner ; enfin alors, je pensais peut-être en femme, et j'écrivais en jeune homme. Quelle différence ici ! l'âge mûr auquel je suis parvenu, m'a fait sentir dans toute son étendue, l'obligation nouvelle que je contractais envers mes lecteurs: aussi me suis-je gardé de me laisser entraîner dans de semblables erreurs, lorsque j'ai rassemblé les nombreux matériaux de ces MÉMOIRES; car la profondeur, et surtout *la vérité* du sujet, sont ici des termes opposés, auxquels mes faibles talens peuvent difficilement espérer d'atteindre. Je sens bien au fond de ma pensée, quoique confusément, certains germes que le travail de ma plume voudrait faire éclore et développer à force de méditations; mais je retombe aussitôt dans le cahos de mes idées, et semble condamné à sentir fortement, sans pouvoir jamais faire jaillir de mon cerveau des expressions qui rendent ce qui s'y passe.

Ici, il ne s'agit plus, comme dans ma jeunesse, de ces heureuses fictions, de ces mensonges romanesques, qu'on développe commodément, chapitre par chapitre, et que presque toujours, le hazard seul conduit sans le secours d'aucun plan mûri sagement dans l'esprit de l'auteur ; mais dans cette circonstance épineuse, il faut exprimer avec justesse les abstractions les plus épineuses ; étudier en quelque sorte *un nouveau cœur humain* dans

un être que la nature semble n'avoir pas pétri du même limon que ses autres créatures ; et ne marcher enfin dans cet étroit labyrinthe, qu'aux lueurs souvent incertaines du flambeau de la philosophie. Mille fois je me suis dit à moi-même, bravant témérairement tous les obstacles : « Allons, rendons-
» nous digne de notre sujet ; point de
» pusillanimes tâtonnemens ; le zèle
» suppléera peut-être aux moyens. Un
» HERMAPHRODITE est sans doute, même
» pour un penseur profond, un sujet
» difficile à traiter : mais quel attrait
» puissant, quel véhicule délicieux
» vous aiguillonne dans une semblable
» matière, où le charme de la nou-

» veanté est déjà le moindre des stimu-
» lans qui vous excitent à explorer un
» tel dédale !!! Jardin délicieux orné
» de fleurs rares et toutes nouvelles,
» vous offrez au botaniste philosophe,
» à l'amant ou à l'amante, de doubles
» prémices aussi extraordinaires que
» piquantes !... C'est un immense tré-
» sor dont les richesses confondues
» ensemble, présentent à l'observa-
» teur une mine intarissable de ré-
» flexions, et à la fois de jouissances
» indicibles : ici, vous sortez des che-
» mins connus, des routes battues,
» c'est la découverte d'un autre hémis-
» phère dont les plantes indigènes
» portent à votre odorat, des par-

» furns aussi nouveaux que suaves. »

Oh! quelle volupté littéraire, d'écrire sur un hermaphrodite! de dérober à la nature ses plus précieux secrets, et de la présenter au lecteur comme étonnée, comme confuse de s'être laissée subtiliser dans ses plus mystérieuses retraites!... C'est un autre monde dont l'entrée vous est ouverte, et qui, vous faisant oublier les banalités de celui-ci, captive à chaque pas votre esprit insatiable de connaître toutes les passions qui peuvent se concentrer avec enthousiasme sur un aussi rare sujet; et l'amour même, cette passion royale, (suivant l'expression du Lovelace de Ri.

chardson) principal moteur de toutes nos actions, y peut jouer le plus beau rôle. Hélas, que ne suis-je un Ségault ! que n'ai-je la plus légère étincelle du génie de Voltaire, de Buffon !... je n'eusse pas compulsé les MÉMOIRES que je vais rédiger, pénétré à ce point de mon insuffisance : après avoir erré dans le vague de mes pensées, je ne reviendrais pas affligé... souvent désespéré, au terme d'incertitude et d'ignorance d'où je suis parti. — Mais, me dira-t-on, ne possédez-vous pas devers vous des matériaux positifs, réels, dont vous pouvez former la chaîne historique des événemens ? — Il s'agit bien

d'événemens, et de toutes les vicissitudes triviales dont la plupart des
romanciers affadissent l'esprit de leurs
lecteurs ; il est bien question, dis-je,
de ces lieux communs, mis sans relâche à contribution, et avec lesque's
on berce l'imagination puérile et cré-
dule d'une pensionnaire de couvent, ou
de la plupart de ces lectrices qui ne
veulent que tuer le temps avec une
occupation de pur maintien. On four-
nirait à satiété de ces intrigues usées,
mais toujours nouvelles pour l'essaim
frivole de nos petits-maîtres et de nos
merveilleuses à vapeurs ; mais la matière première sera toujours là ; et de

même que dans un mélodrame, *un tyran, un niais obligé, une princesse persécutée, un beffroi* et une *fiole d'arsenic* ne manqueront jamais à nos mélodramaturges associés; dans un roman aussi, *une jeune personne bien sentimentale, un Géronte courroucé, un libertin charmant, une harpe et un pavillon,* viendront commodément prêter leur vulgaire assistance à l'auteur famélique tout glorieux de se voir aux gages d'un libraire. Que notre héros ou notre héroïne rejette loin d'elle d'un œil dédaigneux ces basses comparaisons! Elle est comme la vérité, l'ornement ne lui sied pas, il lui suffit de

se montrer sans voile pour exciter
l'admiration. Merveille rare , elle n'a
- pas besoin d'atours, de fard : à peine
laisse-t-elle entrevoir les phénomènes
dont la nature a enrichi sa singulière
personne , que l'esprit frappé brûle
de se recueillir , pour réfléchir froi-
dement sur un assemblage de choses
si incohérentes entr'elles. Dans cette
description si difficile , la religion ,
la morale , l'anatomie , la physiolo-
gie, la métaphysique surtout, s'em-
pressent de se prêter un mutuel appui
pour percer les causes des contrastes
les plus étonnans , des alliances les
plus bizarres, celle d'une passion mâle

et virile avec le goût le plus féminin.
Dans notre hermaphrodite, deux sexes
sont comme liés ensemble d'un chaînon indissoluble, et paraissent ne
s'être unis que pour se déclarer une
guerre continuelle, attisant de toutes
parts des feux contraires; deux phy-
sionomies sur la même physionomie
produisent, par les foyers différens
qui les animent, mille expressions
opposées, et la même main capable
de porter un vigoureux coup d'épée,
l'est aussi de presser avec tendresse la
main d'un amant, ainsi que la main
d'une maîtresse. Joignez, cher lecteur,
à ces difficultés inouïes dans l'analyse,
un autre écueil peut-être plus redou-

table encore , la crainte de porter atteinte à la pudeur , en touchant d'une
main trop hardie aux points les plus
délicats. — « N'avons - nous pas vu
» déjà des hermaphrodites, me feront
» observer certaines personnes ? *tout*
» nous a été dévoilé à cet égard. » —
Mais qu'est - ce que l'état extérieur
d'une telle créature ?.. Qui ne pourrait
même s'en former une idée exacte
d'après sa seule imagination ? Ce que
l'on peut désirer connaître positivement , ce sont toutes ces opérations
physiologiques, ces inclinations favorites , ces songes surtout, qui
doivent présenter des particularités
si curieuses dans un tel sujet. —
Quelle aura donc été l'influence des
idées de la mère d'un hermaphro-

dite , pour concevoir ce bipède ambigu?*Pourquoi* encore la nature, comme honteuse de son ouvrage et de ses égaremens, se met-elle elle-même ici dans l'impossibilité de se reproduire ? car les jouissances de la maternité sont interdites à ces infortunés avortons...

Mais que de *pourquoi* l'esprit ne fait-il pas naître, sans que la philosophie et la science puissent jamais donner des solutions bien satisfaisantes. Mille autres points se présentent en foule à notre curiosité : quelle sera donc, se demande-t-on encore, la situation d'un androgyne dans l'état civil ou religieux ?.... cet être douteux qui souvent éprouve dans la même seconde

les sensations comme femme et l'ou-
trage comme homme ! Dans un cas
criminel, comment sera-t-il ou *sera-
t-elle* placée sous l'égide des lois ? est-
il ou est-*elle* exclue de la société, pour
y avoir apporté une impudique surabondance ?... Toutes ces importantes questions, essayons de les faire
marcher de front avec la partie historique de ces *Mémoires*, et nous efforçant de mêler adroitement le charme de la philosophie avec l'intérêt des
incidens vraiment extraordinaires qui
y abondent, tâchons d'offrir une lecture qui fasse du moins applaudir à nos
efforts, si malheureusement ils ne
sont pas couronnés d'un plein succès.

Ainsi, bel hermaphrodite, toi qui as peut-être été l'unique dans ta perfection ! rose superbe, apprends-nous maintenant par quels étranges ressorts ton calice exhala à la fois les parfums de la violette, de la tubéreuse et du réséda, et pourquoi ton visage adorable, nouveau caméléon, présenta simultanément toutes les couleurs et toutes les nuances des deux sexes ?... Saurons-nous encore, femme charmante, Adonis plus séduisant peut-être, par quels secrets inintelligibles on admira à la fois sur ta figure, et la bouche si voluptueuse de Vénus, et les yeux si fiers de Mars ! sur ta personne, le sein charmant de Psyché et la poi-

trine vigoureuse d'un bel Antinoüs? —
Qui pourra définir par quelle raison ta
jambe fut celle d'un Hercule, et ton
pied, mignon et blanc comme l'ivoire,
celui de Terpsichore? Ton bras velu
annonçait la force et l'énergie, tandis
que ta main, petite, blanche, et
vraiment admirable, ne semblait créée
que pour les Grâces et les Amours!...
Mélange vraiment inconcevable, tu
seras toujours le désespoir de tous les
faiseurs de descriptions; et le peintre et
le poëte se sont à peine emparés d'une
lyre et d'un pinceau, qu'ils les bri-
sent aussitôt, de dépit de ne pouvoir
saisir au passage cette mobilité de traits
qui fait de toi, au même instant, une

Nymphe enchanteresse et un superbe Hippolyte.

A la suite de ces digressions préparatoires par lesquelles j'ai voulu en quelque sorte identifier le lecteur avec mon sujet, traçons quelques lignes sur la moralité et l'utilité de ces Mémoires : *moralité*, par les épreuves terribles que subit notre héroïne, et dont sa haute vertu triompha à la fin ; *utilité*, par la manifestation de cette grande vérité, que tout être sorti des formes ordinaires de la nature, doit religieusement se résigner aux décrets de la Providence, et se garder surtout de porter une main criminelle sur un dépôt sacré qui ne lui appartient pas, sa vie, quelque difforme d'ailleurs que soit sa personne. En effet, insectes éphémères, acteurs viagers sur cette mobile planète, qu'importe l'écorce obscure ou dorée dont le hazard nous a revêtus! Que fait à la marche de l'univers, le rôle plus ou moins brillant que nous sommes destinés à jouer sur la terre! Une destinée plus noble nous attend: c'est à nous, dans ce temps d'épreuves, à savoir nous en rendre dignes. Venez donc, divine pudeur, prêtez-moi vos palettes, et surtout vos gazes officieuses: jamais votre ministère ne me fut plus indispensable pour faire connaître des mystères bien délicats, sans blesser vos chastes regards.

Quant à la partie littéraire de cet ouvrage, peu m'importe au fond, qu'un bel-esprit me reproche d'avoir prodigué la science ou semé les réflexions avec tant de maladresse, dira-t-il peut-être, que les femmes et surtout les gens du monde ne me liront qu'en bâillant, ou que les médecins leur défendront la lecture des malheurs de mon hermaphrodite, comme on interdit le suc de pavot aux estomacs débiles. Je me soucierais également fort peu qu'un nourisson des doctes Sœurs trouve mon style sans coloris et sans métaphores hardies; qu'un dialecticien me renvoie en logique, pour raisonner juste et de *conséquence* en *conséqüënce;* qu'un aimable frivole du siècle trouve les amours de mon héroïne, traînantes, froides et mal filées. Un auteur doit se résigner à ces légères tribulations, comme le guerrier aux balles qui sifflent à ses oreilles : toutes ne l'atteignent pas ; et lors même que son sang coule, c'est toujours avec gloire. Ainsi, de même que le trait mal acéré d'un Zoïle ne peut blesser vivement, de même aussi on s'enorgueillit d'un coup porté par une main de maître ; on montre même avec vanité ses cicatrices : c'est dans tel endroit de mon ouvrage, se dit-on, que j'ai été piqué de cette saillie aiguë et maligne ; ce qui a été épargné prouve donc quelques moyens de résistance; enfin, on peut être courageux sans être invulnérable, et critiqué par cela seul qu'on est digne de la critique. Au surplus, comme tant d'autres auteurs irrités, je ne manquerais pas de raisons pour défendre mon livre, s'il était attaqué ; mais alors je troublerais mon repos et j'échaufferais mon sang, et j'aime mieux que ce premier chef-d'œuvre tombe tout doucement comme un corps léger descend de l'air, et non avec la rapidité et le fracas d'un cèdre altier renversé par les aquilons fougueux.

Il ne me reste plus maintenant, pour clore cet aperçu d'introduction,

qu'à répondre d'une manière satis-
faisante à ceux qui pourraient me demander d'où me sont venus ces MÉ-
MOIRES : il est très-facile de les contenter ; je les tiens des héritiers en
ligne collatérale de notre hermaphrodite. Ce Monsieur ou cette Dame,
comme l'on voudra, s'étant plu à
faire un journal de sa vie, recom-
manda bien à sa famille qu'on ne le
publiât qu'en changeant tous les noms,
et en substituant aux véritables, des
dénominations imaginaires. On a donc
observé religieusement toutes ces dispositions testamentaires ; ces MÉMOI-
RES POSTHUMES ont été imprimés sans

aucune altération , si ce n'est d'abord
ce premier changement exigé , ensuite
tous les développemens de métaphysique dont je les ai cru susceptibles ,
ainsi que l'arrangement et le coloris
que réclamaient impérieusement des
matériaux généralement informes.

FIN DU DISCOURS PRÉLIMINAIRE.

CLÉMENTINE,

ORPHELINE et ANDROGYNE.

―――――――――――

CHAPITRE Ier.

Naissance de l'héroïne de ces Mémoires ;
premiers coups d'adversité de son enfance.
— Elle fait naufrage sur la côte près
Malaga, et perd ses parens.

―――――――

J'ai bu le calice de la douleur jusqu'à
la lie ; je me suis abreuvée d'absinthe
et de fiel ; j'ai entrepris le triste voyage
de la vie, en marchant pieds-nus sur des
ronces, des épines aiguës... voilà ce que
j'entends dire à certains personnages.
Nulle créature humaine n'est plus à

plaindre que moi, assure ce riche plaisamment tourmenté par des maladies imaginaires. Quel être au monde, s'écrie encore cet amant éperdu, brûlant d'amour pour une froide coquette, pourrait se vanter de me devancer dans la carrière du malheur !...... la nature semble ne m'avoir donné une âme que pour souffrir...... Tels sont les vains discours qui ont mille fois frappé mon oreille, et qui m'ont peut-être déterminée, en grande partie, à donner au public, après ma mort, ces MÉMOIRES, dans lesquels on ne saurait me refuser, je pense, les tristes honneurs d'une supériorité d'infortune qui ne m'a présenté, dans tout le cours de ma déplorable existence, que des aspérités toujours diamétrales.

Voulais-je quelquefois descendre en moi-même, m'interroger sur mes destinées inconcevables, sur le rang

de mes parens , sur ma naissance voi-
lée des ombres les plus épaisses , une
affreuse ambiguïté, jetant une nuit profonde sur mon origine , une certitude
ignominieuse répandant sur mon double sexe la honte de l'équivoque et de
la nullité , ne me répondait en quelque sorte que comme le Sphynx d'OE-
dipe. *Homme et femme,* me disait le
destin ; et *ni l'un ni l'autre* , criait à
son tour la nature humiliée et révoltée
de ses propres écarts. Plus compatis-
sante , cette même nature , quelquefois dans ses sophismes consolateurs ,
m'offrait les bizarreries de mon être ,
comme un de ces bienfaits inappré-
ciables, qui ouvrait en moi seul toutes
les sources de la volupté..... — Ah
perfide ! c'est cette surabondance et
cette bigarrure même qui m'assas-
sinent, en me privant, au sein d'un
double organe, des avantages com-

muns d'une vocation déterminée et
précise! Que m'importent en effet les
doubles signes imparfaits d'une apparence plus imparfaite, qui, dans
ce faux excès de richesses, ne font de
moi qu'un *monstre* inutile et indé-
cent? Ne suis-je venue au monde,
me suis-je écriée souvent au milieu
d'amers sanglots, me placer sur les
tréteaux de ce fragile théâtre, que
pour y devenir, aux yeux des philosophes et des anatomistes avides de
nouveautés, une pièce d'expérience
extraordinaire, et y souffrir, de mon
vivant, l'humiliante célébrité d'un phénomène d'histoire naturelle?..... Enfin
les Androgynes de la Grèce se voient
renaître en moi; et il m'a fallu errer
quarante ans dans le désert de la vie,
seule, isolée, au milieu des deux
sexes de la race humaine dont j'étais
l'horreur; portant dans mon sein,

pour double supplice , tous les feux
des passions féminines , souvent alliées
par une intelligence funeste , à toutes
les ardeurs fougueuses de l'homme !

O vertu ! ô morale ! ô religion ! sans
le secours de tes grâces et de ton pouvoir consolateur , comment ne serais-je
pas morte mille fois du mal de la vie
à laquelle une main , criminellement
suicide , aurait mis un prompt terme,
si la douce et chrétienne espérance
d'un avenir plus heureux n'avait souvent fait briller ses lueurs à mes yeux
désespérés !...

C'est ainsi que la belle Clémentine
de Tombeuilles , hermaphrodite de
nature , exhalait ses vaines douleurs
sur l'espèce de catastrophe et de flétrissure ineffaçable que les capricieux
destins avaient imprimée sur sa personne : souvent elle regardait le ciel
d'un œil mouillé ; et , reportant ensuite

ses regards douloureux sur elle-même,
elle lui demandait d'un ton résigné
quel crime avait commis sa race pour
qu'elle dût expier, à partir de son
berceau même, le malheur de son
existence. A cette première calamité
s'en joignait une autre d'un genre
bien plus cruel sans doute; la nature
ne s'était pas bornée à jeter des doutes,
ou pour mieux dire à neutraliser son
sexe; la fortune, en quelque sorte jalouse de surenchérir sur ces premiers
torts, avait sur cette intéressante victime, comblé la mesure de toutes ses
malignités. Il est temps, après ces
développemens préparatoires, d'instruire le lecteur, qui suivra peut-être
avec quelqu'intérêt, du moins je m'en
flatte, les événemens vraiment extraordinaires de la vie d'un être qui
sembla vouloir cumuler sur sa tête
toutes les calamités des deux sexes,

n'appartenant en définitif à aucun.
Venons donc aux faits, en laissant
parler lui-même le principal personnage de ces Mémoires.

Malgré que le nom de Clémentine
de Tombeuilles vienne de m'être donné, ce n'est pourtant pas exactement
le mien; mais l'ayant porté pendant
l'espace de plus de vingt ans, je le
conserverai dans une grande partie du
cours de ma narration, jusqu'à l'é-
poque singulière, où le sort finissant
par lever le rideau épais qui cachait
mon origine, j'ai reconquis sur la
malignité de mon étoile, et les droits
de ma naissance et ceux de ma fortune; mais n'intervertissons pas la
chronologie et l'ordre des temps.

J'avais à peu près trois ans (les impressions de l'enfance sont ineffaçables)
lorsque je me sentis tout à coup agitée
d'une manière violente dans une ma-

chine qui ne paraissait pas alors, à
ma faible intelligence, avoir d'autre
région que le vague des airs; cette
même machine, qui me servait d'a-
sile, se brisa tout à coup en mille
éclats, à la suite d'une détonnation terrible; et, me précipitant avec ses débris dans un gouffre d'eau amère, me
fit entrevoir la mort, multipliée sous
mille formes, à travers maints sillons
croisés de feu et de foudre, qui éclairaient cette scène affreuse : voilà l'u-
nique souvenir impérissable qui frappa
les sens de ma tendre jeunesse. Recueillie, m'a t-on dit souvent depuis, par un
généreux et bienfaisant curé, don
Juan Mathias, habitant d'un village
près la côte de Malaga, en Espagne,
j'y reçus une éducation et des soins
vraiment paternels jusqu'à l'âge de dix
ans, moment auquel ce vertueux ec-
clésiastique m'expliqua d'abord ce que

c'était qu'un naufrage, ensuite toutes les affreuses circonstances de l'horrible tempête dans laquelle j'avais failli périr, malgré les efforts héroïques de quelques pêcheurs de la côte. Pleins d'un généreux dévouement, ils s'étaient exposés à mille dangers, dans un léger esquif, pour tâcher de sauver du trépas les malheureux naufragés qui s'efforçaient de gagner le rivage ; le bâtiment sur lequel j'étais, s'étant englouti par l'effet d'un coup de tonnerre qui avait fait sauter incontinent la Sainte-Barbe du vaisseau, seule réchappée du trépas, (du moins c'était, dans la province et tous les villages voisins, l'opinion générale) je parus aux yeux du vénérable pasteur dans ce touchant appareil d'infortune, comme une prédestinée que la Providence confiait à sa charitable tendresse. Mon enfance, ma beauté, le

1.

spectacle terrible qui frappa sa belle
âme , ce vaisseau anéanti avec toutes
ses richesses, qui ne me laissait aucune sorte de ressources , et dont il
vit lui - même sur le rivage la complète destruction ; tous ces puissans
motifs , dis-je , m'ouvrirent aussitôt
son sein dans lequel les matelots pêcheurs me déposèrent comme dans
celui d'un père. Ce fut donc à la face
du ciel irrité , qu'il m'adopta dans un
sentiment de religieuse bienfaisance ;
et sa nièce partageant aussitôt ses nobles sentimens , ne montra d'autre
émulation, d'autre jalousie , que dans
le partage des caresses qui me furent
prodiguées dans la maison de l'aimable et compatissant curé , don
Juan Mathias.

Dona Isabella (c'est ainsi que se
nommait cette bonne nièce) veillait
attentivement , d'après les recom-

mandations de son oncle, à me faire
concevoir les premiers élémens de
l'éducation. Douée d'un esprit très-
précoce, je comprenais et je parlais
déjà assez bien la langue espagnole :
don Juan Mathias était d'ailleurs un
homme supérieur et d'un esprit fort
éclairé ; et, en outre des principes de
religion et de morale dont il fortifiait mon adolescence, il ne négligea
pas d'orner mon jeune esprit de
toutes les fleurs de l'éducation.

Ce qui ne laissait pas toutefois de
frapper mon imagination étonnée,
c'était ses exhortations continuelles
à une résignation, à une chasteté dont
Dieu avait daigné, disait-il, placer
tous les heureux symboles en moi.
Appelée par *ma nature* à la vie des
cloîtres, ajoutait tendrement don
Mathias, je devais m'estimer bien
fortunée, puisque le ciel, en signa-

lant mon enfance par un premier orage, voulait bien en préserver désormais toute ma vie, en me rendant tout à fait étrangère aux faux plaisirs de ce monde, que la nature d'ailleurs m'interdisait impérieusement. Ma faible intelligence (je pouvais alors avoir atteint l'âge de treize à quatorze ans) saisissait peu, ou point du tout, le sens vraiment inextricable de ces discours, que je prenais, à cette époque encore, pour de la morale en thèse générale, sans penser, (puisque je ne me connaissais nullement dans ce temps), que don Mathias avait une intention et un but tout particulier, et me faisait ici, dans un prévoyant avenir, une application toute personnelle de ses touchans conseils. Pourquoi ne les ai-je pas suivis ? ou pourquoi plutôt, de sa propre autorité, n'ensevelit-il pas alors dans un obscur couvent

mes charmes équivoques, objet éternel de ma honte et à la fois du désespoir de mes infortunés amans ?...

Un jour qu'il faisait un temps magnifique, et que dans la belle saison, j'étais
sortie de Carcassona, nom du village où
j'étais, pour aller ramasser quelques
jolis coquillages sur le bord de la mer,
suivant mon usage, je rencontrai dona
Isabella, qui, après m'avoir embras-
sée tendrement, selon son aimable
habitude : « Ma chère et charmante
» sœur, me dit-elle en castillan, ren-
» trons : tu t'exposes ainsi ; un grain ou
» la marée peut te surprendre ; juge
» de mon désespoir, s'il t'arrivait
» quelque fâcheux accident, après
» tous les soins que tu m'a déjà coû-
» tés ! »

Je lui obéis aussitôt à cette chère
sœur, car je ne lui donnais pas d'autre
nom ; mais je ne comprenais pas com-

ment une promenade que j'avais faite
seule cent fois, pouvait être devenue
tout d'un coup dangereuse ; en même
temps que je faisais cette réflexion à
part moi, je remarquai sur la figure
de quelques villageois assemblés près
l'église, un air d'étonnement, un ton
de chuchotement mystérieux, qui ne
m'avait jamais frappée. « Quel dom-
» mage disait l'un, si belle et tant
» d'esprit ! c'est une chose bien ex-
» traordinaire, disait un autre ; c'est,
» assurait une vieille duègne d'une
» mine fanatique, et en se signant, un
» véritable sortilège.... »

Dona Isabella ayant entendu une partie de ces exclamations, et remarqué
qu'elles ne m'avaient pas échappé,
pressa le pas, pour dissiper la rougeur
et la confusion indéfinies qui se ré-
pandaient malgré moi sur mes joues
et mon front altérés, et nous gagnâmes

le jardin de la maison, moi surtout avec un pressentiment vague d'alarmes dont il m'était impossible de démêler la véritable cause.

Nous avons belle société, segnora, me dit, lorsque j'entrai, Séraphina, notre servante. Don Anzelmo Maëstro, grand ami de notre bon pasteur, et médecin célèbre de Cadix, vient d'arriver pour recueillir l'héritage d'un de ses frères, mort ces jours-ci à Malaga; il est bon musicien, fort aimable, joli cavalier, et sa présence va un peu rompre la monotonie de notre solitude. Je reçus encore cette nouvelle, si naturelle d'ailleurs, avec un surcroît d'émotion; et dans tout, dès ce moment, je crus voir pétiller les premières étincelles d'un feu sourd et violent, qui devait consumer dans le chagrin et l'affliction les fleurs de ma jeunesse.

Présentée à don Anzelmo par le
segnor Mathias, sous la qualité d'intéressante pupille, je fus comblée par
cet aimable cavalier de mille marques
de bonté et d'attention durant le repas,
où il montra autant d'esprit que d'é-
rudition. Nous nous retirâmes, moi et
Isabella, au dessert, voulant laisser
jouir ces deux messieurs du charme
et des commodités d'une conversation
plus expansive; mais j'avoue le tort
d'une curiosité qui fut indiscrète sans
doute, autant qu'invincible en ce moment; au lieu d'aller à mon piano ou
à mes cartons de dessin, ou bien d'avoir
recours à ma guitare, tapie derrière la
boiserie d'une légère bibliothèque de
livres d'écriture sainte et de saine philosophie, je m'embusquai là, pour
écouter l'entretien de mon bienfaiteur
avec le médecin, comme si, par une
idée avant-courrière, je devais y trou-

ver la clef de la conduite énigmatique
d'Isabella, et le sens des exclamations
des villageois, qui retentissaient encore
dans mon cœur comme un son lugu-
bre et de sinistre présage. D'abord don
Anzelmo, ainsi que le seigneur Mathias,
ne s'entretinrent que des vertus et du
mérite du défunt célibataire, frère
de ce premier; des moyens les plus
prompts pour recueillir sa succession,
en payant d'ailleurs un juste tribut
de douleur et de convenance à sa mémoire; puis, ces arrangemens dis-
posés avec le projet de se rendre incessamment ensemble à Málaga, distant
de quelques lieues de notre résidence,
le bon pasteur paraissant dans une
pause et une pantomime étudiées, ré-
c'ama de son ami toute son attention,
pour une confidence qui en était tout
à fait digne. Il s'exprima en ces termes:
« Mon cher Anzelmo, dit-il, vous me

» voyez dans la situation la plus déli-
» cate, la plus chatouilleuse où puisse
» être mis un galant homme, qui a
» peut-être suivi la première impul-
» sion de son cœur avec trop d'em-
» pressement ; vous n'avez sans doute
» pas vu la charmante Clémentine, sans
» admirer sa vertu, ses grâces, sa
» beauté naissante ; ma correspon-
» dance vous a déjà appris toutes les
» particularités vraiment romanesques
» qui l'ont mise sous ma protection ;
» mais un secret bien singulier, et que
» par une sorte de pudeur je ne vous
» ai pas encore découvert, c'est que
» la belle Clémentine est .... *dite :*
» (ce fut cette dernière syllabe que
» j'entendis à peine de ma retraite). Il
» est possible, s'écria don Anzelmo !
» —Oui, répartit le pasteur : lors de son
» extrême enfance, nous en avons tous
» acquis la certitude dans le village ; et

» cette bizarrerie m'afflige au-delà de
» toute expression. J'ai déjà fait enten-
» dre à Clémentine que la vie monas-
» tique est son unique réfuge, par des
» raisons dont mon caractère et les con-
» venances ne me permettent pas de
» développer toute la force et toute
» l'énergie, et je ne sais de quelle ma-
» nière lui faire comprendre com-
» ment, exclue d'un sexe, sans apparte-
» nir positivement à un autre, la nature
» veut qu'elle consacre ses jours à la
» piété et au silence, tandis que d'un
» autre côté, ses attraits et ses talens
» semblent lui marquer d'avance une
» place distinguée dans le monde. »

C'est ici, cher lecteur, que mon
cœur battit avec violence ; le malheureux qui, humblement placé devant
ses juges, entend prononcer sa sentence
de mort, n'est pas plus faible, plus
terrassé que j'étais en écoutant ce dialogue conjectural, dans lequel je pui-

sais déjà, sans m'y reconnaître, à la
source des plus poignantes douleurs;
mon ame était alors un clavier ner-
veux et délicat sur lequel des ongles
d'acier promenaient leurs piqûres aiguës; toutes les puissances de mon
sang frémissaient; et sans savoir encore toute l'étendue précise de mon
opprobre, mon imagination en cen-
tuplait le poids. Quant au docteur,
moins sensible à ma difformité, que
tout entier à l'art que cette particularité réveillait avec chaleur dans ce moment en lui, il se leva vivement et
courut vers un des rayons de la bibliothèque, derrière la boiserie de laquelle
j'ai dit déjà que j'étais comme blotie, et
s'emparant promptement d'un dictionnaire de l'Académie, il cherchale mot
dont la terminaison effrayante était en
dite. A travers une fente de la boiserie
je pouvais entrevoir cette scène. « Ah!

» voilà justement, s'écria don Anzelmo,
» feuilletant le dictionnaire : ANDRO-
» GYNE, adjectif et substantif masculin,
» composé d'étymologie grecque d'*a-*
» *ner*, gén. *anthros*, homme, et de
» *gune*, femme, personne ou animal
» qui paraît être des deux sexes. »

. Ce n'est pas tout à fait cela, reprit
don Juan : voyez donc *Hermaphro-*
dite. Pour le coup c'est ici que j'entendis dans tout son entier mon cruel
arrêt, et que me sentant enveloppée
d'un nuage noir et humide, je serais
tombée à la renverse, sans le soutien
de la place même que j'occupais.

« Oui, *Hermaphrodite*, s'écria à son
» tour le docteur, j'y suis, substantif
» et adjectif: *hermaphroditus*, du grec
» *Ermes*, Mercure, et d'*Aphrodisia*,
» Vénus, qui participe de Mercure et
» de Vénus, du mâle et de la femelle ;
» qui réunit les deux sexes ; se dit des

» animaux et des plantes. » Ah ! continua le médecin, en remettant le dictionnaire à sa place, ceci devient fort
curieux. Je me rappelle, dit-il dans
un style fort cru, en avoir vu quelques uns dans mes voyages en Italie et
en Allemagne ; j'en possède même un
dans mon amphithéâtre de dissection.
— Chacune de ces cruelles réflexions
était un coup de poignard, qui faisait
saigner les plaies si vives de mon cœur :
car le barbare, au lieu de s'appitoyer
sur un événement qui paraissait me
retrancher, sous beaucoup de rapports,
de la liste des créatures humaines,
semblait se réjouir d'une monstruosité en moi, dont le domaine de la
science pourrait s'enrichir ; il alla
même jusqu'à faire à mon cher tuteur
d'étranges propositions qui révoltèrent
à la fois sa sensibilité et sa délicatesse ;
mais s'apercevant aussitôt de l'écart

indiscret dans lequel l'avait entraîné
l'amour de son art, il revint peu à peu à
des sentimens humains, et termina par
assurer don Juan qu'il était disposé à
faire tout ce qu'il jugerait convenable
pour l'obliger, et qu'enfin il attendait
qu'il voulût bien conclure sur cette
première ouverture.—Voici mon plan,
auquel vous pouvez puissamment aider,
répondit don Juan : il faut que vous ayez
la générosité, lorsque vos intérêts et vos
affaires de succession seront termi-
nés, de vous charger de Clémentine.
Marié comme vous l'êtes, posssédant
une fille à peu près de son âge, toutes
les convenances me paraissent parfaitement observées, et vous m'enlevez à
moi-même les cruels embarras d'une
charge qui pèse d'autant plus sur mon
cœur affligé, qu'en outre des propos de la
maligne médisance, la superstition ré-
pand déjà dans le village et les environs

son poison fanatique, en faisant courir
le bruit absurde : « Qu'un monstre que
» la mer a vomi sous les traits sédui-
» sans d'une jolie femme, est venu
» surprendre ma religion, ma sensibi-
» lité, et que si je garde plus long-temps
» chez moi cet être que l'on sait fait
» de très-singulière structure, toutes
» les terres seront indubitablement
» frappées de stérilité, et la vigne
» ne donnera que du sang aux ven-
» danges. »

Vous sentez, cher docteur, que
long-temps insensible à ces prédictions
absurdes, je n'ai écouté que la voix de
la Providence, de l'honneur et de l'humanité, qui m'imposait la loi sacrée
de ne pas abandonner ce dépôt de ses
secrets desseins; mais puisque, sans la
blesser en rien, je puis, par votre of-
ficieux intermédiaire, concilier les intérêts de la prudence avec ceux de mon

devoir , pourquoi n'en chercherais-je
pas les moyens?

Le docteur, plein de sens, applaudit
de toute son âme à ce projet , et revenant entièrement au beau caractère de
philanthropie qui lui était propre , il
approuva une proposition qui entrait
dans les sentimens de son cœur naturellement généreux : dans une grande
ville comme Cadix, appuya-t-il , nous
n'aurons nullement à souffrir de pareilles superstitions, de semblables
faiblesses d'esprit ; et d'ailleurs , mon
cher curé, reprit don Anzelmo av e
véhémence , recevez ma parole d'honneur que ce secret nesera jamais révélé
par moi, et ne sortira pas de mon sein.

Accablée du coup , je ne voulus pas
en apprendre davantage : « Le fana-
» tisme a donc décidé de mon sort
» m'écriai-je en sanglotant, lorsque
» je me trouvai seule, après m'être

» enfermée dans ma chambre : rebut
» des hommes , je deviens pour les es-
» prits simples un objet de prophé-
« tique terreur , et pour les esprits
» éclairés , une machine à profondes
» méditations.....Abominable destinée!
» pourquoi la mer qui engloutit en un
» seul coup et mes parens et ma for-
» tune , me rejeta-t-elle de ses flots
» homicides ? ne méritais-je pas le
» triste honneur de trouver un bienfai-
» sant cercueil dans ses gouffres ; et les
» monstres qu'elle nourrit , recule-
» raient-ils à mon approche ?..... »

Dès ce moment fatal, toutes les idées
noires et fantastiques empoisonnèrent
mes esprits de leurs vapeurs cha-
grines ; tous les mots, toutes les expressions qui finissaient en *dite* , por-
taient aussitôt dans mes entrailles un
feu dévorant , qui colorait ensuite
mes joues d'un rouge pourpre, auquel

succcédait bientôt une pâleur livide et
verte. Quelle affreuse existence ! et
combien la douleur est mille fois
atroce , quand elle présente à nos esprits consternés , l'idée de *l'irrépara-*
ble et de l'impossible!..... car telle était
ma position ! plus je descendais en
moi-même, plus je m'examinais, et
plus je sentais tout mon être flétri
comme d'une paralysie honteuse , qui
me faisait rougir au nom de *demoi-*
selle , dont je me sentais désormais
indigne. J'eus recours à une lecture
sainte , pour appaiser le ver rongeur
qui commençait à me dévorer ; car
dans les grandes calmités, rien ne sou-
lage comme les douces consolations
de la religion ; elle nous présente cette
vallée de misères , comme un tems
fugitif d'épreuves , après lequel nous
recevons enfin la récompense ineffable
de nos souffrances et de nos sacrifices.

Mais c'est inutilement que dona Isabella employa tous ses efforts pour
dissiper cette sourde mélancolie , dont
elle pénétrait déjà , je crois , la cause ;
et qu'elle voulut que je parusse au
souper : une fièvre ardente agitait
mon sang , et tout le monde pensa que
j'allais faire une maladie très-grave ;
beaucoup de sots paysans se réjouis-
saient déjà de l'idée prochaine de ma
mort , comme d'un puissant préserva-
tif des maux chimériques qui les menaçaient ; mais l'habileté du docteur ,
qui sut appliquer ses soins autant au
moral qu'au physique , et me fit avec
adresse un tableau enchanteur de l'agréable vie que j'allais mener à Cadix , dans
la société de son épouse et de sa chère
fille ; enfin les caresses d'Isabella , celles
du généreux et sensible curé , tout
m'achemina vers une prompte convale-
lescence , qui, sans guérir toutefois mes

esprits profondément blessés, rappela
en moi la fraîcheur et les forces de la
jeunesse, qui brûlaient de s'y développer. Je touchais alors à peu près à
ma quinzième année, et cet âge triomphe presque toujours des maladies
de l'esprit ou de l'imagination. L'héritage de don Anzelmo Maëstro étant
entièrement recueilli, nous partîmes
enfin par terre pour Cadix, dans ce
qu'on appelle en Espagne un *Coché-
Collieras*, ne voulant pas m'exposer
aux dangers de la mer que je redoutais
extrêmement alors. Notre aimable
curé et mon amie d'enfance, Isabella,
me baignèrent de leurs larmes, et
nous nous promîmes mutuellement
d'entretenir un commerce actif de
lettres, qui nous dédommageât de
notre heureuse intimité, jusqu'à ce
que de plus fortunées circonstances
vinssent à nous réunir. Quant aux ha-

bitans de Carcassona , ils virent dans
mon départ une favorable disposition du ciel , qui daignait en cette
conjoncture éloigner leur mauvais
génie. Les sots ! les fanatiques !

Le voyage ne laissa pas d'éclaircir
un peu mes sombres pensées; mon
nouveau bienfaiteur , délicat et atten-
tif à l'excès, m'avait obligée d'accepter
un trousseau composé des ajustemens
les plus galans , tous faits par les premières modistes de Malaga : c'était ,
entr'autres étoffes superbes , un spen-
cer de satin rose brodé en argent et garni de crevés de soie, de velours blanc,
d'une quantité prodigieuse de boutons
en filigrane , puis une basquine de soie
noire , également brodée en velours
noir , et surchargée par le bas de très-
belles fleurs de fantaisie , des-
sinées en jais; mon front était orné
d'un voile d'Angleterre magnifique,

et je confesse à la honte de ma petite
vanité, que cette parure de si fraîche
date, en me rendant un peu orgueil-
leuse de mon bon air, apporta quelqu'allégement momentané à mes
peines cuisantes. Qu'on ne m'envie
pas ce repos passager, il fut de bien
courte durée !

Arrivés enfin, après un voyage fait
sans accident, à Cadix par la belle
porte de Séville, nous allâmes descendre à la maison du docteur, rue
San-Jéromino. Si quelque chose eût
pu ramener quelque calme dans mon
âme, c'eût été l'accueil charmant que
me fit de suite et au premier abord,
dona Angelina, l'épouse de mon
généreux docteur, et son aimable fille, Nathalia, qui à mon seul
aspect et sans aucune explication préliminaire, m'embrassa tendrement en
me serrant dans ses bras, et en m'ap-

pelant du doux nom de sœur, si agréable à mon oreille qui en avait été caressée dès l'enfance par la voix affectueuse d'Isabella.

Après le souper, car nous étions arrivés à la nuit tombante, don Anzelmo donna des ordres à ses gens, pour qu'un appartement convenable me fût préparé ; la complaisante Nathalia y apporta elle-même tous ses soins ; et les fatigues de la journée, jointes à quelque répit momentané de mes profonds chagrins, ne contribuèrent pas peu à me faire jouir des douceurs d'une nuit dans laquelle les pavots de l'oubli et du sommeil vinrent anéantir ma douleur stationnaire, c'est-à-dire me faire oublier pendant quelques heures ce que j'étais toujours, un objet de dégoût et d'humiliation pour moi-même.....

Je juge devoir clore ici ce premier
chapitre, pour consacrer le second à
décrire mon existence et mes aventures à Cadix.

———————

CHAPITRE II.

Le docteur Don Anzelmo l'a conduite à Cadix;
ses liaisons avec Nathalia, fille du docteur.
— Ses douleurs sur sa situation, sont plus
vives que jamais. — Bizarrerie de son
imagination : elle découvre dans l'amphithéâtre du docteur le squelette d'un
hermaphrodite; son désespoir à ce sujet.

Je ne savais trop admirer l'extrême délicatesse du docteur; il possédait mon
affreux secret, et cependant jamais rien
dans ses manières ou sa conduite ne put
me faire soupçonner qu'il en fût instruit
lui-même; d'ailleurs il ignorait qu'il fût
à ma connaissance que don Juan Mathias lui avait fait une semblable confidence, et cet état réciproque de mys-

tère dans une cause moins affligeante,
n'aurait pas laissé de répandre un
charme piquant sur nos liaisons : je
n'avais fait aucune difficulté de partir
de Carcassona, j'en connaissais d'avance
la cause impérieuse ; et toute cette
combinaison d'événemens s'était faite
comme par un arrangement tacite,
qui ne pouvait d'ailleurs essuyer aucun obstacle de ma part ; pourquoi
fallait-il qu'un motif si outrageux en-
chaînât nos langues, surtout la mienne, sous le double joug de l'amour-
propre et de la pudeur ?

A peine le bruit que je fis dans mon
appartement témoigna-t-il à l'aimable
Nathalia que j'étais levée, qu'elle vint
en folâtrant me nommer sa jolie sœur,
et m'embrasser avec une cordialité qui
fit aussitôt jaillir de mes yeux deux
grosses larmes, qui bondirent sur mes
joues et retombèrent sur les siennes ;

dès ce moment, il s'établit entre nos
cœurs ingénus, une forte sympathie,
qui adoucissait singulièrement mes
douloureuses rêveries; j'avais quelquefois le bonheur indicible d'oublier des
heures entières, que je traînais avec
moi le boulet d'ignominie, que la
nature avait rivé par un chaînon indissoluble à ma monstrueuse personne.

Nathalia, d'un naturel très-expan-
sif, très-tyrannique même en amitié,
me reprochait mon extrême réserve,
surtout *ma décence*, ma pudeur extraordinaire entre deux jeunes personnes qui ne devaient jamais avoir
entr'elles de ces scrupules enfantins;
elle me citait à cet à propos telle et
telle amie de couvent avec laquelle
elle passait les plus douces nuits, en
se livrant avec abandon à toute espèce
de confidence; puis Nathalia me sau-
tant au cou après ces tendres repro-

ches, s'écriait: « Clémentina! Clémen-
» tina ! *dites* , *dites* , vous avez sur le
» cœur un secret qui vous pèse : moi
» seule suis digne de le connaître et de
» le partager !......» — A ce mot *dites*,
prononcé dans une sentimentale brusquerie , tous mes sens frissonnèrent
de nouveau , comme lacérés d'une
lame aiguë ; une espèce d'enveloppe ,
toute légère qu'elle était , couvrait
depuis quelque tems le siège de mes
tourmens , et cette même eveloppe ,
Nathalia venait de la percer d'un seul
» coup. « Pour Dieu , qu'avez vous,
» belle Clémentina? me dit-elle , en
» remarquant les traits de la mort se ,
» répandre sur mon visage décoloré ;
» ai- je eu le malheur de vous offenser,
» ou quelque partie de votre ajuste-
» ment vous blesserait-il ? » Au même
moment, ses mains, ses doigts dirigés
par une vive tendresse, délaçaient

mon corsage , cherchaient avidement
dans les parties les plus secrètes de ma
toilette , la cause ignorée de mon
mal-aise; cette recherche, qui ajoutait
encore à mes transes , me rendit toutefois mes forces et ma présence d'esprit ; et me défendant de nouveau ,
mais sans affectation , de ses soins of-
ficieux , je l'assurai qu'une palpitation
extraordinaire avait seule causé cette
indisposition passagère , et que l'air
de la promenade dissiperait bientôt
cette légère vapeur. Nathalia , après
m'avoir fait respirer des esprits, m'ac-
compagna donc quelque tems au ar-
din , où je repris peu à peu mes sens ,
mais sans perdre malheureusement le
souvenir brûlant de mon infortune,
toujours tenace , toujours immobile
et actif comme le remords.

Nathalia avait trop d'esprit pour
prendre le change , et dès cette cir-

constance , qui se grava dans sa mémoire , elle conserva l'indiscrète envie
de pénétrer le mystère ; car, d'un autre
côté , elle savait déjà tous les chagrins
humilians que je ressentais de l'ignorance absolue où je me trouvais de ma
naissance, de l'origine et de l'état de mes
parens, et surtout de ma position cruelle d'orpheline , moi qui devais mon
existence et ma première éducation ,
d'abord aux bontés du généreux don
Juan Mathias, ensuite à la propre bienfaisance du père même de Nathalia ;
mais cette cause bien palpable , il est
vrai, de réels chagrins , source d'une
juste mélancolie, n'était pas à ses yeux
clairvoyans la seule , l'unique cause ;
et dès-lors elle me veilla comme une
sentinelle assidue , et sous des formes
et avec des manières vraiment inqui-
sitoriales.

Cadix est une ville superbe, cos-
mopolite en quelque sorte, puisque

son superbe port de mer y reçoit en
rade des vaisseaux de toutes les nations;
les Etrangers, les Orientaux, les Tu-
nisiens y abondent, surtout les Français, qui de tems immémorial y ont
des établissemens et de très-riches
maisons de commerce; je me plaisais
d'autant plus dans leur société, lorsque don Anzelmo, mon bienfaiteur,
en invitait à sa table, que je parlais
très-facilement leur langue, et beaucoup mieux que la langue castillanne,
ce qui confirmait le docteur dans
l'opinion que mes parens étaient
d'origine française; d'un autre côté,
ce qui fortifiait encore ces préven-
tions, c'est que mon linge et mes
vêtemens, lorsque je fus sauvée du
naufrage par les matelots pécheurs dont
j'ai déjà parlé, étaient marqués en
style français, d'un coton rouge, des
lettres initiales D. S.

A un très-beau collier de corail que

je portais alors au cou, pendait le
portrait d'une fort belle femme d'à
peu près trente-deux ans, dont le costume et la physionomie imposante
annonçaient autant de distinction que
de noblesse : toutes sortes de détails recueillis avec un soin scrupuleux par
l'intelligent curé, faisaient donc ac-
quérir la presque conviction que
j'étais de noble origine ; mais le vaisseau sur lequel j'étais, s'étant abîmé
au milieu de la plus noire tempête,
ayant été jeté avec fracas sur des ressifs
à fleur d'eau, on n'avait pu signaler aux
vigies ni au phare sous quel pavillon il
marchait. Don Juan Mathias avait
fait à cet égard mille vaines démarches
dans les premières années de mon enfance, soit à l'amirauté de Cadix,
soit par correspondance, près les
consuls des différens ports des échelles
du Levant et de la Méditerranée ; et

tout ce qui en était résulté, comme je l'ai déjà fait entendre, c'est que Dieu, par une faveur toute spéciale, avait voulu ne sauver d'un nombreux équipage et d'une très-riche cargaison sans doute, qu'un enfant qu'il destinait d'ailleurs aux épreuves les plus fortes de l'adversité. Les premiers mots que je prononçai au bon curé et à la bienfaisante Isabella, étant *tina*, on en conclut que je me nommais Clémentina ; on ajoute que l'expresssion de `Tombeuilles`, venant également à chaque instant sur mes lèvres, on en préjugea aussi que ce devait être mon nom de famille : le prévoyant curé voulut donc que je portassse constamment ces deux noms, afin de multiplier les lumières et tous les points de rapports, qui, par quelque heureuse circonstance fortuite, pouvaient me faire retrouver miraculeusement

quelqu'un de ma famille. Soigneux
lui-même de m'interroger sur tout ce
qui m'avait frappée dans mes premiers ans , il avait recueilli de ma débile intelligence , par mes réponses
naïves , que mes parens devaient être
d'une certaine distinction , puisque
je parlais de valets à livrée , de nègres
et d'esclaves ; on avait en outre trouvé
pendu à mon côté une sorte de hochet
en cristal et en or, dont le chiffre ,
surmonté d'armoiries , dénotait le blason de quelque grand seigneur : au
surplus , don Mathias avait religieusement rassemblé tous les indices
qui pourraien , par d'heureux rappro-
chemens, par de justes confrontations,
me rendre un jour mon rang et ma
fortune , en rétablissant légalement
mon équivoque origine aux yeux des
lois; et prudent autant que sage , il
avait fait dresser procès-verbal et acte

notarié , autant des moindres particularités de mon naufrage , que de tous
les détails que je viens d'expliquer.
Cette prévoyance délicate dont mon
âge de raison commençait de plus en
plus à sentir tout le prix , me touchait
infiniment sans doute ; mais *l'irréparable* et *l'impossible* , ces deux
écueils terribles auxquels toute la
puissance du destin , ainsi que la générosité des hommes ne peut rien ,
ne vivaient-ils pas toujours en moi ?
Admettons , disais-je , que ma naissance , mon rang , ma fortune , ma
mère même me soient rendus , qui
pourra arracher de mes flancs le serpent odieux qui me déchire et entre-
lace ma ceinture , comme sur un
autre Laocoon , de ses nœuds ignomi-
nieux ?... il ne m'en faudra pas moins
porter cette cruelle et éternelle entrave
de toute félicité ?... Les doux noms

de mère, d'amante, d'épouse, me
sont pour toujours interdits; et je ne
ferai jamais, comme la syrène, que
porter le masque de mon sexe, sans
jouir de ses douceurs et de ses hommages!...

Voilà! m'écriai-je en sanglotant à
chaudes larmes, en jetant le cri aigu
du désespoir, voilà le comble de la
rage et de l'infortune; et la mort seule
a le pouvoir d'anéantir un tel fléau! Il
fallait donc, mère dénaturée, lorsque
je vis le jour, étouffer de vos propres
mains, anéantir un animal bizarre qui
avait souillé vos flancs capricieux!
votre barbarie eût été alors un acte
d'humanité! mais vous respectâtes sot-
tement la nature, qui ne s'était pas
respectée elle-même!!!...

Nathalia avait entendu mes cris,
mes vociférations indiscrètes; et, ardente à courir au-devant de tous mes

besoins, elle était venue au bruit s'in
former de ce qui causait ces clameurs;
je trouvai heureusement de suite un pré
texte as ez plausible. *Jako*, le singe de
la maison, dont un Américain avait fait
présent au docteur, a cassé sa chaîne, lui
dis-je, et je n'ai eu que le temps de me
jeter sur les fenêtres de mon *mirador*,
pour l'empêcher de se précipiter dans
mon appartement. — Nathalia courut
pour s'assurer de la vérité; mais ce mensonge improvisé ne prit pas, puisque
Jako, soigneusement attaché, par-
courait bien effectivement le balcon,
mais se trouvait au moins à dix pieds
de distance de mes croisées. Nathalia
balança la tête, en m'appelant de
nouveau *méchante* et *dissimulée*. Pour
toute réponse à ce tendre reproche,
je la serrai dans mes bras, je pressai
mon sein sur son sein soulevé avec
violence, et j'y dérobai encore quel-

ques larmes amères. Ce singe , cependant , m'était devenu odieux , et j'avais
pris la cruelle résolution de l'empoi-
sonner, depuis que quelques médecins,
confrères du docteur , avaient profondément disserté sur cette prétendue
race d'*hommes dégénérés* : par une
funeste conséquence , (car de quoi
une imagination frappée et timorée
n'est-elle pas capable ?) je trouvais ,
je rapprochais d'humiliantes analogies
de ce monstre imitateur avec moi-
même ; mon esprit , toujours habile à
me tourmenter, ingénieux dans ses
douloureuses recherches , me classait
dans sa catégorie : le docteur un tel ,
me rappelai-je , a prétendu , à table,
que le singe n'était qu'une *dégradation*
humaine, j'en suis donc *une fémi-*
nine, destinée un jour à figurer parmi
des pièces d'injection. Mon sang s'al-
lumant de la vue et de l'aspect de ces

premiers fantômes, enfantés et ca-
ressés par mon imagination qui délirait
la douleur, je me détermine à aller
voir, à tel prix que ce soit, *cet hermaphrodite disséqué* que don Anzelmo tenait secrètement caché dans
son amphithéâtre, avait-il dit à don
Juan : aussitôt, pleine de la démence
de ce nouveau transport, je m'élance
vers le fatal cabinet que je trouve par
malheur ouvert, et mes yeux saisissant
vivement l'objet de ma funeste curiosité, je contemple, dans un morne
silence, *cette sœur jumelle* dont l'opprobre éternisé sous le scalpel d'un
habile anatomiste, réfléchissait le mien
dans tous ses infâmes détails...... —
« Te voilà donc, monstre bizarre,
» m'écriai-je ! tu ne souffres plus, il
» est vrai ; mais pourquoi le feu n'a-t-il
» pas dévoré ton horrible personne,
» qui me fait sentir encore plus l'infâ-

» mie de la mienne ?... Dis-moi, la
» nature t'avait-elle donné avec cette
» constitution repoussante, une âme
» aimante et passionnée comme la
» mienne ?... Sentais-tu comme moi
» l'horreur de ton destin ?.... — Tu ne
» réponds pas !... Insensible aux ou-
» trages de la pudeur, tu n'es debout
» que pour me faire rougir.... Ah !
» laisse-moi, laisse-moi prendre ton
» heureuse place; et que je cesse de
» porter, vivante, le cachet de l'igno-
» minie qui ne te touche plus dans
» le calme de la mort...... »

A ces mots, jetés dans le plus grand
désordre, une sueur froide se répandit
sur tous mes membres, et je tombai
enfin sans connaissance sur le parquet.
Heureusement que le docteur, qui
étudiait seul dans un cabinet voisin,
accourut au bruit de ma chûte, et me
portant lui-même sur mon lit, sans

appeler aucun domestique , ni même
sa femme , me prodigua tous les soins
imaginables, pour calmer et les fureurs de mon imagination vagabonde
et les fluctuations irrégulières de mon
sang. « Je suis très-mécontent de vous,
» me dit cet homme délicat , lorsque
» j'ouvris les yeux ; je vous croyais
» plus raisonnable ; vous confirmez
» de plus en plus mes soupçons, que
» la religion et la philosophie n'ont
» aucun empire sur vous. Je vois bien
» qu'il faut que je me détermine à
» vous fortifier de mes conseils, et que
» vous suiviez avec moi , continua-t-il
» avec un tendre sourire où la douleur
» et la pitié se dissimulaient en vain ,
» un cours de douce résignation qui
» triomphera de toutes ces chimères
» d'une imagination faussement pos-
» sédée : allons, belle Clémentine, cal-
» mez-vous, *renfermons surtout plus*

» *soigneusement notre secret*, et livrez
» votre âme à l'espérance ; je vais vous
» envoyer Nathalia, qui partagera vos
» chagrins en les adoucissant ; mais,
» termina-t-il, qu'elle en ignore tou-
» jours la cause. »

Il n'avait pas besoin de faire cette
inutile recommandation à mon amour-
propre ; je lui demandai, avant qu'il
me quittât, un livre de prières ; et
m'absorbant dans la pensée de l'E-
ternité, j'y puisai ces consolations
d'un ordre supérieur, qu'il n'est pas
au pouvoir des plus grands philosophes de procurer dans leurs plus profondes spéculations de morale.

Don Anzelmo Maëstro connaissait
donc mon fatal secret ; et malgré toute
la délicatesse de son langage détour-
né, nous en parlions donc ensemble
comme d'une chose convenue et incontestable ?.. Quel nouveau genre

d'humiliation ! car un mystère flé-
trissant, qu'on dévore seul dans son
sein, a sans doute beaucoup d'a-
mertume ; mais enfin on a mis son
amour-propre à couvert sous l'abri
d'un secret ignoré ; et voilà précisé-
ment la tendance naturelle que nous
éprouvons tous à connaître un malheur dans ses plus petits détails ; nous
courons au-devant de lui, nous l'ac-
cueillons avec joie ; et malgré qu'il
soit notre plus dangereux ennemi,
nous le recélons avec une ardeur maternelle : car, qu'avais-je besoin de
savourer mon désastre dans un autre
moi-même, à ce fatal amphithéâtre
de dissection ?...

Nathalia survint, et dans sa chaleur
inquiète et officieuse, ne savait quoi
imaginer pour apporter de prompts
soulagemens à mon indisposition su-
bite ; d'abord elle voulut appeler sa

mère , sa femme-de-chambre , m'appliquer sur le corps des serviettes
tièdes... Cette dernière idée qu'elle
avait adoptée avec entêtement, faillit
me causer une plus terrible rechûte,
et ce ne fut qu'après d'opiniâtres refus
qu'elle me délivra de ce dessein em-
barrassant.

Enfin je me rétablis promptement,
la force de ma constitution y contri-
bua beaucoup ; mais ce mieux momentané ne me faisait pas illusion, et
je ne démêlais que trop, dans mon
état, que j'étais condamnée pour la
vie à cette désespérante situation d'in-
termittences de douleur et de résignation, dont la mort est l'unique terme.

J'ai déjà fait entendre à mes lecteurs que ce singe offusquait ma pensée ombrageuse, par les inductions
que mon esprit, susceptible à l'excès,
en tirait chaque jour ; je formai donc

le projet de m'en défaire ; mais réflé-
chissant bientôt à la malignité blâma-
ble de cette action, j'eus recours au
docteur, en lui déclarant que la vue
de cet animal attaquait mes nerfs, et
que je le suppliais de l'envoyer à sa
maison de campagne. Don Anzelmo
était trop judicieux dans sa sensibilité,
pour rien refuser à ma position ; j'eus
donc le jour même cette petite tribu-
lation de moins à essuyer : d'autres
bien plus grandes m'attendaient alors,
et si ma beauté, vantée dans tout Cadix comme quelque chose de vraiment
merveilleux, acquérait tous les jours
un nouvel éclat sous de tels auspices ;
s'il n'était question enfin dans la ville,
et à bord des vaisseaux, *que des at-*
traits supérieurs et de la taille sédui-
sante de la belle Clémentina, elle-
même dans l'ombre de sa couche sans
cesse humectée de ses larmes, déplorait

cette vaine célébrité, qui n'était qu'un
scandaleux simulacre de bonheur.

L'étude, m'avait quelquefois assuré
le docteur, guérit toutes les maladies
d'esprit ; « Prenez cette ressource ;
» avec votre sagacité, vous causerez
» du moins de puissantes diversions à
» votre *ennemi domestique*, (c'était
» son expression), et vous remporterez
» indubitablement sur vous-même de
» grands avantages. » Suivant cet avis,
et pouvant d'ailleurs puiser dans une
très-riche bibliothèque, j'avais donc
eu recours à ce moyen en étudiant,
dans la froideur du cabinet, les lit-
térateurs allemands et anglais, tra-
duits par les meilleurs auteurs français ; je me plaisais à délirer avec
Corinne, et je me consolais surtout
avec Colardeau, aimable peintre
des amours infortunées d'*Abeilard*
et d'*Héloïse*. Le temps s'écoulait ra-

pidement dans cette sérieuse occupation, je nourrissais mon esprit de
lumières fortes, et m'élevais ainsi au-
dessus de moi-même, dans une région
délicieuse, d'où j'apercevais à peine la
difformité de mon néant et les défauts
de ma méprisable dépouille : je n'avais
vraiment rien d'une mortelle alors,
et ne considérais ma forme incohérente, qui n'altérait en rien l'étincelle
divine qui m'animait, que comme
une argile méprisable que le temps
devait bientôt briser. Pourquoi cet
état d'heureuse exaltation fut-il de si
courte durée ; et une passion trop violente, en me frappant au cœur, vint-
elle me sortir brusquement de ce rêve
illusoire, en me rendant bientôt le
plastron de tous les traits qui puissent attaquer, en amour, une faible
femme ?...

Mais je dois laisser reposer ici ma

plume, qui a besoin de toute son
énergie, pour donner à mes lecteurs
la peinture de ces nouvelles catastrophes d'un genre bien plus douloureux
que toutes les précédentes, puisqu'elles
m'arrachaient en quelque sorte le mot
de l'énigme de ma singulière organisation physique et morale.

CHAPITRE III.

Notre Héroïne se livre à l'étude de la philosophie; s'adonne par calcul et par goût
à de violens exercices, tels que la course et
l'escrime. Ses progrès. — Elle manque de
périr sur mer ; un bel étranger devient son
libérateur. Sa passion pour cet inconnu.
— Une vieille fille ridicule. — Clémentina
est trahie pour ce qu'elle est, et part subitement pour Madrid avec le docteur. —
Son violent chagrin, en voyant que la
barbe lui croît et que ses cheveux sont de
deux couleurs. — Nouveaux incidens très-
curieux.

Je dessinais donc , je peignais au pas-
tel des fleurs , des fruits , j'esquissais
les traits nobles de mon bienfaiteur ;
puis alternant ces délassemens d'esprit

par une application plus sérieuse,
j'approfondissais avec *Locke* et *Pope*
les matières les plus abstraites du cœur
humain. Les philosophes du dix-
huitième siècle avaient aussi leur tour;
et tout en admirant l'esprit sublime et
enchanteur de Voltaire, je rejetais
de mon âme la plupart de ses doctrines,
quelquefois trop hardies, pour n'en
extraire que l'essence philosophique,
fondée sur la sagesse des anciens; les
arts d'agrément remplissaient encore
toutes les lacunes de ma vie, et la
harpe, instrument dont jouait très-bien
Nathalia, prenait encore une grande
partie de mon tems.

C'est ainsi que, me dérobant en
quelque sorte à moi-même, je fuyais
l'oisiveté, qui amène la réflexion, ce
bourreau impitoyable de la vie. Pour
m'assurer un profond sommeil, je me
livrais à de violens exercices, tels que

le jardinage , la danse , la course dans laquelle j'excellais. Nathalia , charmée de la révolution heureuse qui s'était opérée dans mes esprits, applaudissait à mon plan, en partageant tous mes goûts et toutes mes nouvelles folies ; et le docteur lui-même, grand partisan des systèmes *à la Jean-Jacques,* avait fait monter dans un salon particulier , un très beau billard , sur lequel moi et Nathalia nous nous exerçâmes si bien , que nous étions devenues en peu de tems assez adroites. Le cher médecin n'avait pas borné là ses soins : ardent de saisir la direction heureuse qu'avait prise ma sœur de mélancolie, il nous avait donné un maître d'armes, et costumées toutes deux, moi et la charmante Nathalia , en élégans-athlètes , nous nous escrimions à qui mieux mieux, brisant par jour maint et maint fleuret : cette nouvelle étude gymnastique développa en moi le secret *de la chaleur virile* qui circulait dans mes veines. Don Anzelmo ne pouvait se lasser d'admirer, me disait il, ma vigueur et ma bonne grâce ; et mes progrès dans les armes furent tels, qu'au bout d'un an je faisais assaut avec mon maître et le battais complètement.

J'ai donc su retrouver le chemin escarpé du bonheur, m'écriai-je quelquefois; étouffons la partie pensante, étourdissons nos oreilles d'un bruit et d'une activité continuels, et nous parviendrons à former autour de notre âme ce commode *calus*, qui me servira désormais comme un bouclier, contre toutes les atteintes de la mélancolie.

J'en étais à cet heureux point de convalescence morale, lorsque le docteur, charmé de ma sérénité, me proposa une promenade sur mer, dans un très-joli yacht que lui prêtait un capitaine de vaisseau de sa connaissance. Nathalia, extrêmement craintive de la mer, ainsi que sa maman, nous souhaitèrent beaucoup d'agrément dans cette promenade, en nous recommandant bien de nous préserver de toute imprudence, et de ne pas nous laisser aller trop avant dans la mer ; je fis donc une toilette semiamazone, semi-andalouze, et la toque de velours ornée d'une plume blanche sur le front, une légère cravache à la main, je suivis mon aimable conducteur au port, où nous trouvâmes le capitaine de vaisseau dont j'ai déjà parlé, prêt à me donner la main pour monter dans son élégante embarcation. Une collation très-recherchée y était disposée, et plusieurs rameurs de choix nous eurent bientôt mis hors de vue du rivage. Ce n'est pas pour moi que je

crains le danger , dis-je à don Anzelmo , voyant la mer devenir houleuse
et le ciel se charger d'épais nuages :
« Songez , cher docteur , à ma chère
» Nathalia, à votre épouse, qui mour-
» raient de votre trépas; pour moi ,
» vous connaissez mon histoire, la mer
» m'a refusé un tombeau , lui dis-je en
» souriant. » En ce moment de fâcheuse prédiction , un vent nord-nord
vint à souffler avec une extrême violence , les nuages s'abaissèrent comme
pour nous cacher les approches du péril sous leurs noirs rideaux ; les oiseaux de proie, dignes acteurs de ces
préparatifs effrayans , frisaient nos
vêtemens de leurs becs fauves et de
leurs ailes rapides , et enfin la voile
enflée avec impétuosité , faisait aller
notre yacht comme une frêle nacelle
dont les matelots consternés ne pouvaient plus se rendre maîtres , faisant

de vains efforts pour lutter contre les flots et nous ramener vers le port.......

Notre perte paraissait donc certaine, et moi-même, stoïque comme Socrate buvant la ciguë, trouvant même dans le danger une sorte d'attrait, je n'étais alarmée que pour la vie précieuse de mon bienfaiteur, lorsqu'un navire cinglant à toutes voiles dans la direction du détroit de Gibraltar, nous offrit au sein du désespoir, un secours assuré ; c'était un bâtiment marchand monté par des négocians algériens (du moins leur pavillon le laissa présumer au capitaine), qui, voyant l'extrême danger où nous étions plongés, forçait de voiles pour nous offrir son assistance. Il vint à temps, car la lame allait nous engloutir, quand une chaloupe mise à la mer nous recueillit malgré toute l'impétuosité des vagues......,

Ce moment, cet appareil formidable de l'abîme des eaux, de la foudre en éclats, me sera toujours présent à l'esprit, puisqu'un homme d'une céleste figure, ou plutôt un demi-Dieu, bravant tous les périls, s'exposa mille fois à la mort pour me sauver la vie; d'une main héroïque, que le feu électrique de l'amour dirigeait peut-être déjà en secret, il embrassa ma taille, et me soulevant avec énergie pour m'éviter de boire l'onde amère, il s'aida d'un câble du bâtiment, puis s'élança sur l'entrepont. Ma première question fut pour le cher docteur, le capitaine; mais tous deux également sauvés me prodiguaient leurs tendres soins; et mon libérateur, dans une attitude modeste, mais animée, mais pleine de sentiment, attendait mon entier réveil pour se féliciter, dit-il à haute voix et en bon français, d'avoir

sauvé les jours d'une si belle personne:
ce fut son expression. Quelques marins avaient péri avec le yacht abîmé
au fond des eaux ; mais le *bel étranger*,
le *charmant inconnu*, se mit à nous
assurer que sa fortune le mettait parfaitement en état de secourir leurs
veuves et leurs enfans.

En un instant, et par deux traits
comme successifs, cet homme charmant nous donnait donc la mesure du
plus beau caractère; intrépidité, dévouement, bienfaisance et sensibilité,
paraissaient ses élémens favoris ; ajoutez à ces qualités qui séduisent, qui
captivent, la plus belle physionomie
et toutes les grâces du corps, et vous
n'aurez encore qu'une image très-im-
parfaite de tant d'avantages réunis
dans un seul homme. Je n'ai pas encore parlé de son costume vraiment
théâtral, et fait à tous égards pour fixer

l'attention de l'esprit le plus indiffé-
rent ; mais quelle tournure vraiment
séduisante ! quel appareil de *grandiose !* Le brillant Elleviou , aux yeux
de ses nombreux admirateurs , et surtout de ses *passionnées admiratrices,*
ne leur apparut jamais avec tant d'é-
clat : assemblage étonnant de la beauté
orientale et des grâces françaises ,
Saint-Elme (c'est ainsi qu'il nous dit
se nommer) eût fait succomber à la
première vue toutes les *Clarisses* de
la Grande-Bretagne.

Armé d'un superbe cimeterre, coiffé
du turban tunisien , le col nu, de fines
moustaches d'ébène relevant la blan-
cheur de sa peau , des mains superbes
ornées de pierres précieuses à la manière mahométane , tout enfin en
faisait le plus beau calife de Bagdad
qui parût jamais sur les théâtres de
Paris. Que de moyens de séduction

cumulés , pour perdre entièrement un esprit aussi romanesque , aussi exalté que le mien !!...

Arrivés enfin en rade , nous mîmes pied à terre, et y fûmes comblés des félicitations d'un peuple immense qui avait tremblé pour nos jours. Si les bénédictions pleuvaient sur le cher docteur , adoré dans toute la ville pour son humanité ; si l'on daignait exprimer sa joie de voir *tant de charmes*, (disait-on en me regardant,) arrachés au plus cruel trépas , quels n'étaient pas les applaudissemens , l'enthousiasme qu'avait fait naître la conduite héroïque de notre libérateur qui s'était exposé aux plus grands périls pour sauver les jours de quelques inconnus! Les Espagnols qui, du port , avaient admiré toute la scène de mon second naufrage , pressaient donc Saint-Elme

dans leurs bras ; l'ivresse était au
comble ; mon généreux inconnu répondait en castillan , avec l'accent
andalou , à tous ces hommages ; et je
me plus à remarquer que , plein de
sensibilité , de grosses larmes ruisse-
laient sur ses belles joues : mon cœur
n'avait sans doute pas besoin de ce
nouveau tableau, pour être pénétré de
toutes les flammes de l'amour. Saint-
Elme, gravé en traits de feu dans tous
mes sens, m'avait sauvé la vie ; je l'a-
dorais, que dis-je ! je l'idolâtrais, et
ne pouvais même plus concevoir que
ma passion parviendrait sans cesse à
de nouveaux degrés.

Le bruit des dangers que nous avions
courus s'était répandu dans la ville ;
dona Angelina et ma chère Nathalia,
instruites confusément de ce qui s'était
passé , étaient accourues, pleines de

la plus touchante inquiétude sur notre
sort. Je les rassurai, en leur montrant
un visage serein ; et la voiture du docteur s'étant approchée, nous partîmes,
non sans faire promettre au courageux
Algérien de venir, le lendemain matin, recevoir de nouveaux témoignages de notre éternelle reconnaissance.

On conçoit qu'il me fallut répéter
à mes chères amies, à diverses personnes invitées à la *Tertulla*, les plus
petits détails de l'horrible tempête qui
nous avait subitement assaillis, et du
heureux hasard, ou plutôt de l'effet de
la bonté du Ciel, qui nous avait envoyé un libérateur. Mais quel était-il ?
me demandait-on ; car ce nom français, Saint-Elme, cadrait si peu avec
sa situation présente ; cette physionomie, qui n'était pas du tout africaine,

était tellement en contraste avec la qualité de capitaine tunisien et son costume mauresque, que l'esprit se perdait vainement en fausses conjectures : pour moi, mon cœur n'y voyait que le plus aimable des hommes, et peu m'importait les qualités chimériques de rang, de fortune, dont on se plaisait à le revêtir. Le monde entier et toutes les grandeurs d'opinion s'évanouissaient, comme un songe puéril, devant l'image de Saint-Elme ; et l'aimer et être aimée de lui, paraissait, à mon esprit charmé, la limite de la plus haute ambition.

Nathalia, selon mes craintives conjectures, parvenue, sans bien se connaître, à l'âge où les passions commencent à fermenter sourdement dans un jeune cœur, n'avait pas remarqué impunément *le bel inconnu ;* ses ques-

tions ne tarissaient pas plus que ses
éloges; ma jalousie fit promptement
cette découverte. — « As-tu remarqué,
» Clémentina, me disait-elle avec feu,
» sa taille noble et élégante, son port
» majestueux, ses dents d'émail, et ce
» charmant mélange de douceur et de
» courage? » Lorsque le cercle se sépara, et que nous nous fûmes retirées
dans nos appartemens : « Oui, oui, lui
» répondis-je avec une froideur affec-
» tée, il est bien, très-bien, sans doute.
» — Ah ! ma chère Clémentina, m'in-
» terrompait-elle avec sa charmante
» vivacité ordinaire, Saint-Elme est
» séduisant ; et l'on sent de suite que
» le sentiment de la gratitude est trop
» froid pour un tel personnage : al-
» lons, conviens que tu as déjà toi-
» même *beaucoup*, *mais beaucoup*
» *d'amitié* pour ton libérateur. — Tu

» es une folle, Nathalia. Je pardonne
» tout à ton tendre attachement, lui
» répondis-je. — Mais, pourquoi pas,
» ajouta-t-elle, paraissant sortir d'une
» profonde rêverie? il arrive souvent
» d'une circonstance fortu*ite*....» — A
cette terminaison en ITE, qui glaça de
suite mes sens, il me sembla avoir mis
le pied sur quelque nid de couleuvres;
j'allais m'évanouir, lorsque, m'emparant vivement d'un flacon d'essen-
ces, je parvins à résister à ce nouvel
assaut. Quelle lumière affreuse Nathalia venait-elle de faire briller à mes
souvenirs affligeans !!!.. J'avais oublié
entièrement pendant quelques heures d'une parfaite félicité, mon opprobre et mon malheur, et cette chère
amie ne savait pas qu'une seule syllabe avait fait soigner vivement toutes
mes plaies. J'adorais Saint-Elme, mais

4

pouvais-je me faire illusion un seul
instant? une union aussi bizarre était-
elle possible?... et les lois mêmes ne
s'opposaient-elles pas à une alliance,
aussi inconvenante? *Renonçons donc*
tout à fait même à l'ombre du bon-
heur, m'écriai-je imprudemment tout,
haut. — « Mais qu'as-tu donc, reprit
» Nathalia; perds-tu l'esprit? — Ce
» n'est rien, répartis-je, la frayeur de
» l'orage que nous avons essuyé m'agite,
» encore.... » — Eh bien, me dit, les
yeux mouilllés de pleurs, cette tendre
amie : « Veux-tu que nous couchions
» ensemble? deux, on a plus de for-
».ce...; je sens moi-même que j'ai be-,
» soin d'appui maintenant : je t'ou-
» vrirai naïvement mon cœur; tu me di-
» ras aussi franchement ce qui se pase
» dans le tien... » — J'eus toutes les
peines du monde à m'opposer à cet,

étrange dessein qui portait la terreur
dans tous mes sens ; je n'ignorais pas
que, quand Nathalia s'était éprise
d'une idée, on la lui faisait abandonner difficilement ; enfin je parvins à
l'y faire renoncer, sous prétexte de
ma lassitude et du repos dont j'avais
grandement besoin ; elle me quitta en
m'appelant, suivant son habitude,
méchante et petite dissimulée. Se retirant à pas lents, puis revenant se
jeter dans mes bras, elle m'embrassait
avec une ardeur... avec une passion...;
en vérité, je crois bien qu'en fermant
les yeux, son amour naissant prenait
déjà un baiser imaginaire sur les lèvres
de Saint-Elme. De quels prestiges une
passion ne se sert-elle pas pour se
procurer de douces illusions !... Mon
amitié pour Nathalia était trop vive
pour ne pas voler au-devant de ses

moindres sentimens ; mais que de-
vins-je moi-même lorsque, croyant
me livrer innocemment à ces aimables
étreintes, à ces innocentes caresses
que la plus rigoureuse chasteté ne dé-
sapprouverait pas, j'éprouvai que mes
sens, enflammés par un foyer secret,
mus de toutes parts par des désirs qui,
jusqu'alors, m'avaient été inconnus,
savouraient un attrait criminel dans
les bras de mon amie !... Amante et
amant en un jour, la nature serait-
elle assez bizarre !... Pleine de cette
nouveauté terrible qui vint soudain
frapper mon esprit, je me dégageai
brusquement des caresses de Nathalia,
en la suppliant à genoux, de fuir....
de ne pas porter de nouveaux assauts
à ma vertu, et de ne pas me rendre
davantage un objet d'horreur à mes
propres yeux.....

Effectivement, Nathalia se mit à
fuir sans me comprendre ; mon attitude, mon désordre, jetèrent l'épou-
vante dans son âme. « *Créature inin-*
» *telligible*, s'écria-t-elle en se retirant,
» *je t'arracherai ton secret, ou j'en*
» *mourrai de dépit.* »

Quelle nuit passai-je, après tant
d'affreuses découvertes sur moi-même !
Ainsi, me disais-je, me voilà donc
sans armes contre les faiblesses des
deux sexes ; il me faut une double
vertu pour être vertueuse, et l'impla-
cable Vénus ne s'est pas bornée à
placer dans mon cœur toute la tendresse d'une femme ; je puis encore,
comme un autre Abeilard, adorer une
autre Héloïse, et devenir la victime
de mille feux contraires..... Mon âme a
beau s'attacher, se réfugier près de la
vertu, mes sens, plus puissans qu'elle,

finiront par m'entraîner dans l'abîme :
je me prosternai de nouveau, en faisant ces exclamations, et demandai à
Dieu qu'il m'ouvrît aussitôt un cloître
où je pusse ensevelir ma scandaleuse
conformation.

A peine faisait-il jour dans ma
chambre, que Nathalia vint s'informer
de ma santé ; le désordre naturel à
cette heure de sa toilette, de ses attraits (car elle était toute charmante),
n'échappa point à *l'ennemi de moi-*
même ; aussi m'appliquai-je à ne pas
fixer mes regards sur elle. Elle s'était
assise sur le pied de mon lit, et se
plaisait à faire un tableau enchanteur
de l'agréable journée que nous allions
passer avec le bel étranger ; elle avait
voulu toucher quelques mots de la
dernière scène de la veille ; mais je lui
déclarai, d'un grand sérieux, que ce

serait m'affliger sensiblement que de
renouveler ce sujet de conversation.
— «Eh bien oui, reprit-elle avec en-
» jouement, n'en parlons plus : puis
» s'étendant complaisamment sur l'é-
» légante toilette qu'elle se proposait
» de faire : n'est-ce pas, Clémentina,
» me dit-elle, que je serai charmante
» comme ça ? » — Tu sais bien, répartis-je, que tu seras toujours jolie
de toutes les manières. Nathalia que je
croyais toute franche en ce moment,
avait cependant son plan ; mais je sus
si bien me garder de son indiscrète
curiosité, que je déjouai son projet
malin. Pour mieux la tromper, je la
priai d'aller chercher sur le piano
dans le salon, un roman français que
j'y avais laissé ; elle y courut, et pendant sa courte absence, je passai à la
hâte une robe, un schall, et en un

instant je me trouvai sur pied, ne crai-
gnant plus rien. Nous lûmes quelques
lignes du roman, sans beaucoup les
comprendre; ce n'avait été qu'une
feinte, et ce livre vint à me déplaire,
d'autant plus qu'il renfermait, entr'autres détails, une description minu-
tieuse des statues grecques du Muséum
de Paris, particulièrement de l'Hermaphrodite en marbre de Paros, qui
provenait de la galerie du Vatican. Nathalia, par son insatiable curiosité sur
ce sujet, ne manqua pas de me porter
de nouveaux coups bien sensibles; c'é-
tait question sur question sur cette nature de *monstres*, (ce fut son expression) dont elle ne se formait absolument
aucune idée ; de là, me suppliant de
lui faire part de mes propres conjectures, il lui échappa mille folies qui
m'auraient beaucoup diverlie si je ne

m'en fusse trouvée alors le douloureux plastron : sa gaîté brillante et spirituelle ne tarissait pas sur la matière ; et ses coups de poignard étaient d'autant plus cruels, qu'elle me les portait en badinant. Je me bornai à lui répondre que, notre organisation physique étant indépendante de nos désirs, il y aurait de la cruauté à se moquer des victimes des bizarreries du destin. « Oh! mon Dieu, chère Clémentina, » me répondit-elle vivement, il semblerait que tu défends un bien patrimonial, avec tes sentences de glace ; » je ne vois pas d'ailleurs, ajouta-t-elle » en riant, qu'un tel être soit si malheureux ; moi, à sa place, je tromperais mille jolies filles, et je ferais languir encore plus d'amans. » Un domestique étant venu nous avertir que le déjeûner était servi, nous brisâmes là, et

nous nous y rendîmes : à peine étions-
nous tous assis qu'on annonça monsieur
le chevalier de Saint-Elme ; la coquetterie de Nathalia en fut un peu affligée,
car on n'avait pas eu le temps de faire
la brillante toilette. Le chevalier était ,
cette fois, en costume andalou , ce
qui lui était d'autant plus avantageux,
qu'aucune de ses belles formes ne se
trouvait cachée ; l'élégant pantalon
de soie , la chaqueta qui dessinait sa
taille , le superbe chapeau à trois plumes, et enfin le manteau doublé en soie
rose , lui donnaient un nouvel air vraiment ravissant. Nathalia rougit , pâlit ,
pâlit et rougit ; moi-même, sans doute,
n'offris pas en ce moment une figure
plus calme aux yeux de mon vainqueur. Les premières politesses rendues de part et d'autre , ainsi que les
nouveaux témoignages de notre gra-

titude, le chevalier allant au-devant
de notre curiosité, nous apprit qu'il
était d'origine française, d'une des
premières noblesses de France, mais
qu'un duel malheureux l'avait forcé
de s'expatrier, et que sa fierté ne con-
sentant pas à avoir aucune obligation
à sa famille qui l'avait abandonné dans
cette affaire, il avait préféré tenter des
spéculations maritimes, plutôt que de
s'exposer à des refus humilians; ses
premières entreprises ayant été cou-
ronnées d'un plein succès, il avait fini par s'enrichir en très-peu de temps,
en assurant le dey d'Alger auprès du-
quel il était très en crédit, qu'il em-
brasserait incessamment sa religion,
aussitôt que la dernière course qu'il
entreprenait serait finie. Mais, sous
ce dernier rapport, le chevalier ajouta

que Sa Hautesse se trompait singulièrement dans son faux espoir de voir
un jour en lui un renégat, car cette
seule pensée lui faisait horreur : à l'a-
mour même, continua - t - il en me
regardant avec une tendre énergie, il
ne ferait pas le sacrifice de sa religion,
encore moins à ses intérêts. Bref, il
avait su réaliser secrètement toute sa
fortune ; et, trompant la vigilance
des Janissaires, il avait fait voile vers
la Péninsule, où le Ciel mettant le
comble à son heureuse navigation,
nous dit-il obligeamment, il était
arrivé à tems pour sauver la vie à la
fille du plus aimable des pères. Nous
le saluâmes de nouveau à ce compli-
ment ; seulement le docteur fit observer
que je n'étais pas sa fille ; et Nathalia,
par un jeu prompt de physionomie,

sut aussitôt apprendre au pénétrant Saint-Elme qu'elle seule avait cet honneur.

Qu'étais-je donc ? ce fut sans doute la question que le chevalier se fit à lui-même ; cependant je n'en remarquai aucun refroidissement sur sa figure ; au contraire , il ne tarissait pas sur les éloges ; seulement je le voyais frappé de ces *nuances masculines* qui ne se peignaient que trop souvent sur mon visage ; j'avais beau chercher à tempérer l'ardeur trop mâle de mes yeux , la nature est indomptable : toute ma personne enfin lui paraissait un problème qu'il se proposait déjà de résoudre un jour.

Mes fleurets se trouvaient par hasard sur la console , St-Elme s'étant informé si le docteur se plaisait quelquefois à s'exercer , celui-ci lui répondit

que moi particulièrement j'en faisais
un adroit usage ; l'étonnement de St-
Elme , déjà violemment excité, en
redoubla davantage. Comment , dit-il,
Mademoiselle ?..... — Oui, reprit le
docteur avec enjouement , mademoiselle Clémentina , ma chère pupille ,
fait des armes de la première force, et
pour peu , chevalier , que vous soyez
curieux ?..... — Puis-je être touché
davantage que je le suis, reprit-il à voix
basse ? Don Anzelmo n'attendant pas
notre consentement , nous présenta
des masques , et passant dans le salon ,
il me fallut satisfaire le désir de tout le
monde , et surtout du docteur qui
voulait , suivant son expression, m'admirer encore dans mes superbes développemens. Nous nous mîmes donc
en garde , et aux premières feintes , je
sentis aux froissemens d'épée que St-

Elme me ménageait , et aurait préféré
les plus vives blessures , au chagrin
mortel d'effleurer mon sein ; les coups
de bouton redoublés qu'il recevait
sans cesse , n'étaient donc à ses yeux
que l'effet de sa galante docilité ; quant
au docteur et son épouse , ainsi que
Nathalia , tous étaient aux anges , et
conseillaient tout bas par charité au
pauvre St-Elme de se défendre très-
sérieusement. Je le mis moi-même
dans cette nécessité , car sentant bientôt circuler dans mes veines cette chaleur *virile* qui m'enflammait malgré
moi comme par bouffées , je me mis à
déployer avec énergie toutes mes
forces , et mon œil s'animant à la fois ,
je dus donner à St-Elme le spectacle
le plus extraordinaire : si ma bouche
parfois lui souriait , comme pour lui
demander grâce de ma vigoureuse

adresse, mon fleuret partant commé
l'éclair, volait sur sa belle poitrine,
et marquetait de taches bleues un sein
que l'amour seul aurait dû toucher de
ses plus douces empreintes. Le chevalier était couvert de sueur; l'amour-
propre blessé, je le sentais, allait étouffer tout sentiment de tendresse, lorsque me laissant exprès désarmer, je
voulus mettre un terme à ce singulier
tournoi. Mon libérateur, en proie à la
plus vive surprise, avait déposé ses armes, qu'il paraissait encore veiller, car
il était d'une grande force d'amateur,
et n'avait fait succomber son adversaire dans l'affaire qui l'avait forcé de
s'exiler, que par sa grande supériorité
dans les armes; et une femme venait
de le battre complètement !... Quelle
défaite !..... « Mademoiselle, me dit-
» il galamment, elle est complète,

» mais tout humilié que je suis, je me
» glorifie encore de me rendre à un pa-
» reil vainqueur. » Je demandai la permission de me retirer dans mon appartement, car j'avais très-chaud, et j'é-
prouvais d'un autre côté un vif déplaisir de m'être pour ainsi dire trahie; que
penserait St-Elme! son esprit judicieux et pénétrant ne manquerait sans
doute pas d'approfondir les phénomènes qui l'avaient frappé si vivement
dans ma personne : on ne pouvait
donc être plus mécontent que je l'é-
tais de moi-même. Une jeune personne
faire des armes avec tant d'habileté, avec
toute l'adresse d'un vigoureux adolescent! et moi, cruelle à moi-même, laisser jaillir de mes yeux les plus vives
étincelles, et mettre ainsi tout à fait à
nu les révélations les plus inconvenan-
tes ! — Ah! Clémentina, Clémentina,

qu'as-tu fait ? qu'as-tu fait ? En un instant, tu auras détruit les plus beaux
prestiges de l'amour : n'avais-tu pas
ton piano, ta harpe, instrument noble,
harmonieux, sur lequel il eût été beaucoup plus facile de déployer les grâces
plus touchantes du beau sexe ! maudit
amour-propre masculin, pour un léger
triomphe puéril, tu as peut-être détruit le germe des plus belles félicités !

En me déshabillant, je pouvais
prêter l'oreille aux discours que j'en-
tendais dans la salle à manger : St-
Elme, encore émerveillé du *miracle*,
c'était son mot, répétait en badinant
cette belle tirade de Virgile :

» O Guerrière intrépide et Nymphe magnanime!
. . . .
» L'Amazone surtout, signalant son courage,
» Triomphe et s'applaudit au milieu du carnage;
» Un carquois sur l'épaule, un sein nu, l'œil brûlant...

Je n'entendis plus le reste : dona Angélina, en mère judicieuse, jalouse
de faire briller à son tour les talens
de sa fille, avait adroitement amené
la conversation sur la musique ; la
guitarre de Nathalia était sur un fau-
teuil, elle en pinçait parfaitement ;
curieuse elle-même de fixer sous un
rapport plus délicat que celui de l'escrime, l'attention de l'étranger, elle
oublia tout à fait l'amitié pour n'agir
qu'en rivale : sans doute ses grâces,
ses attrais étaient bien dignes des plus
sincères hommages ; mais lorsque je
rentrai dans la société, il me fut facile de lire sur la physionomie de St-
Llme que je régnais en souveraine
sur tousses sens ; on voyait clairement
sur sa figure, que le sentiment se confondait avec l'admiration, et que dans
tout ceci, il avait remarqué des choses

qui tenaient de l'extraordinaire et du merveilleux. On me pria, lorsque je passai par le salon, de toucher du piano, je m'efforçai de réparer le passé , en ne cherchant à briller que par l'âme et la délicatesse : m'accompagnant sur un air italien très-*amoroso* , je m'appliquai donc à exprimer les plus fines nuances des sensations musicales : j'y parvins sans doute , puisque l'aimable Saint-Elme ne put s'empêcher de faire entendre tout bas : quel singulier contraste ! jamais pareil....

Au milieu d'un point d'orgue brillant , un domestique étant venu déranger maladroitement mon cahier de musique , je ne fus pas maîtresse d'une vivacité trop brusque sans doute, et lui serrai le bras avec tant de vigueur, qu'il jeta un cri perçant : mes yeux enflammés de colère n'apprirent encore que

trop la force et la brusquerie de mes
passions , ce qui confirma notre ob-
servateur dans l'intention de m'étudier,
comme il le fit en effet par la suite.
Enfin on se sépara, avec promesse de
se revoir au cercle du soir. Nathalia,
quand nous nous trouvâmes seules
toutes deux, ne manqua pas de me
sauter au cou, de m'embrasser avec
toute l'énergie de son innocence ; elle
ignorait quels ravages elle portait dans
tous mes sens ; j'avais beau chercher
à me dégager de ses transports naïfs,
elle follâtrait sans cesse, ne voulant pas
me laisser échapper de ses bras : quelle
épreuve ! cette nouvelle réserve, elle
l'imputait à ma jalousie : « Moi ja-
»louse , Nathalia, lui disais-je ; or-
»pheline , sans fortune, enfant mal-
»heureux du hasard, *équivoque créa-
»ture*, ne pouvant prétendre à rien ,

» serais-je donc assez insensée pour
» jeter les yeux sur un homme de ce
» rang !... C'est à toi, chère amie, de
» te livrer aux plus douces espérances;
» tu en as le droit ; pour moi, ne tenant
» à aucuns liens légitimes, que ceux
» de la pitié, *si* un cloître veut me
» recevoir.... » — Nathalia m'interrompit en pleurant, par les plus
tendres caresses, et me jura qu'elle
me ferait plutôt le sacrifice de ses inclinations, que de me causer le moindre chagrin. Dans la vivacité de ses
mouvemens, mes tresses s'étaient dé-
tachées et flottaient sur mon cou et
mes épaules : « Ah ! quelle singularité,
» Clémentina, tes cheveux moitié noirs
» et moitié blonds !... L'or et l'ébène
» mêlés ensemble !... » — Je rougis, je
devins pourpre à cette exclamation;
encore quelque tour perfide de mon

tyran domestique, pensais-je : en effet, Nathalia n'avait que trop raison ; ma chevelure commençait à se partager en deux couleurs bien distinctes ; et de toutes parts je devais donc être un original tout à fait inimitable ! Mes sourcils et mes cils prenaient déjà la teinte naissante de mes cheveux ; et pour comble d'horreur, au léger duvet de pêche qui s'apercevait sur mon menton et mes lèvres, un commencement de barbe me menaçait de ne pouvoir plus dissimuler les flétrissures secrètes de ma personne....

Nathalia ouvrait de grands yeux, levait les mains au ciel, rougissait, pâlissait, voulait presser de ses lèvres, dérober dans ses plus vives caresses, les grosses larmes qui tombaient en perles sur mes joues ; puis, l'instinct de la pudeur l'arrêtant, elle semblait

tacitement me dire : « Mais, mainte-
» nant, si j'embrassais un beau gar-
» çon...Si quelque déguisement qu'on
» m'aurait caché.... » .— De tous les
plus grands chagrins que j'aie essuyés,
cette réticence de la part d'une sœur,
d'une amie que je chérissais, fut
peut-être le coup le plus sensible ;
ainsi, m'écriai-je, fondant en larmes :
Nathalia me craint, ne m'aime plus....
— Oh ! plus que jamais, Clémentina,
me dit-elle, en se jetant de nouveau
dans mes bras ; « et serais-tu même
» quelque génie malin, quelque fée
» dangereuse, je me livre sans réserve
» à tous tes talismans. » Voilà bien la
superstition espagnole ; elle m'avait
humiliée à Carcassona, elle m'accablait
à Cadix.

Je ne manquai pas de faire part au
docteur de mes nouvelles et doulou-

reuses découvertes ; il n'en parut nullement étonné, puisque j'approchais,
disait-il, de ma dix-huitième année.
En effet, j'avais à peu près cet âge, et
je ne m'en convainquis tous les jours
que trop, en sentant de plus en plus
un double caractère de passions se
développer avec ardeur dans toute ma
personne ; car rien ne semblait pouvoir arrêter les coups de cette faux à
double tranchant, si je puis m'exprimer ainsi : à la vue d'une jolie femme,
mes sens frémissaient ; à celle d'un
bel homme, une amoureuse mélancolie s'emparait de tous mes esprits....
Quelle digue opposer à ce double
torrent ! en vain la religion, la morale, la pudeur, me prêtaient leur
secours ; je réfutais légèrement leur
doctrine en homme ; et brûlais en
secret de succomber en femme, ou de

me livrer sans remords au libertinage, en libertine. L'étude me servait, il est vrai, d'un puissant auxiliaire ; j'écrivais exactement le journal de ma vie, sans cependant y faire entrer le détail de quelques années insignifiantes dont l'omission aura été peut-être remarquée du lecteur. Je m'habillais souvent en homme, pour complaire en cela au badinage de don Anzelmo; mais tous ces moyens n'étaient souvent que de bien faibles palliatifs.

Le docteur avait eu soin de me donner une préparation végétale avec laquelle j'avais teint parfaitement mes sourcils et mes cheveux ; quant à la barbe qui me croissait, il connaissait un moyen infaillible, m'avait-il dit, d'en arrêter les progrès. En effet, il parvint, au moyen de l'élixir de quelques plantes combinées avec d'autres

ingrédiens, à me soustraire à cette
nouvelle humiliation.

- Cependant Saint-Elme, plus amou-
reux, plus assidu que jamais, avait
déclaré solennellement sa passion au
docteur, comme il m'en avait instruite
moi-même dans les termes les plus
vifs : « Le défaut de fortune et de nais-
» sance ne l'arrêterait, ne le refroidirait
» jamais, m'écrivait-il ; mes senti-
» mens, mes talens, mon esprit,
» tout annonçait en moi, selon lui,
» la plus illustre extraction, et il se
» faisait fort de me faire bientôt re-
» couvrer, par ses connaissances et ses
» démarches, les droits de ma nais-
» sance et de mon héritage. » Comment ne pas adorer un amant aussi généreux !... Mais dans ma situation affreuse, comment aussi lui répondre, si
ce n'est par des refus positifs ?... C'est

ce qu'avait déjà fait don Anzelmo : pour moi , dans une entrevue que Saint-Elme • sut ménager , et dans laquelle il me parla de nouveau de sa passion en homme au désespoir , je nè pus que gémir , que pousser les plus douleureux sanglots ; et sans cacher mon amour , garder un silence que je n'aurais pas rompu au prix même de ma vie. — « Caprice , énigme » inconcevable, s'écriait Saint-Elme ; » je vous adore , je suis riche , j'ai un » nom , je mets tout à vos pieds, belle » Clémentina.... Vous dites que vous » m'aimez !... vous rejetez donc et » mon bonheur et le vôtre! » —Adieu, adieu pour toujours..., pour toujours, Saint-Elme , nous ne pouvons nous aimer que d'un *amour céleste.*

C'est ainsi que je m'arrachai des transports de l'amant le plus délicat ,

le plus généreux. Nathalia, quoique ma
rivale, avait trop d'attachement pour
moi pour se réjouir de ses succès invo-
lontaires : succède, lui disais-je, à mes
infortunées amours; je sais que j'en suis
indigne; pour toi, en faisant le bonheur
de Saint-Elme, je sens que je ne serai pas complètement malheureuse.
—Je reviendrai bientôt à cet état de
choses; que le lecteur me permette
un léger épisode assez gai, et qui fera
un peu diversion au ton de tristesse
que je n'ai pu m'empêcher de prendre
jusqu'ici.

Dans mes courses de *jeune homme*,
j'avais passé souvent sans y penser,
sous les fenêtres d'une sorte de *Nina
Vernon*, qui, très-majeure, avait la
fureur de voir un mari dans la première corne d'un chapeau ; se croire
l'objet de mes allées et venues, coque-

ter à l'excès, afin de fixer mon attention, enfin me suivre et me faire
une superbe déclaration d'amour dans
une galante missive, fut pour l'imagination *romantique* de notre sentimentale rêveuse l'ouvrage de quelques
jours. Dans mes chagrins cuisans,
j'avais jeté de côté la lettre, en gron-
dant un peu mon cher docteur, qui
par ses folies, m'avait exposée à ces
singulières méprises; lorsqu'un grand
jeune homme bien ridicule, et d'une
maigreur extraordinaire, vint un matin demander compte au docteur de
la conduite inconsidérée *de son fils*,
» qui, disait-il, avait par ses démons-
» trations d'amour, porté les plus vi-
» ves atteintes à la réputation de *sa*
» *jeune sœur*, dona Marcellina... »

A cette provocation bizarre, don
Anzelmo répondit, non sans étouffer

difficilement une envie démesurée
de rire , qu'il était bien notoire qu'il
n'avait pas de fils , que Nathalia était
sa fille unique , et qu'il ne comprenait
rien à ce discours : l'ayant entendu
d'une salle voisine , j'allai à la hâte
m'habiller en *jeune homme* , et paraissant au moment où la discussion était
devenue très-chaude, l'inconnu protestant que j'épouserais sa sœur, ou que
l'épée en déciderait , je le laissai confondu de ma brusque arrivée. « Mon-
» sieur , lui dis-je avec dignité, je ne
» connais ni votre *jeune sœur* ni son
» nom; mais si enfin il fallait vous donner
» raison d'un affront imaginaire.....
» —Comment, imaginaire , répartit-
» il avec un air de sotte importance :
» oui, sans doute, il n'y a que le sang
» qui puisse effacer la tache.....— Eh
» bien, monsieur, lui répondis-je,

» prenant l'épée du docteur, je ne
» veux rien vous laisser désirer à cet
» égard. » Nous sortîmes donc aussitôt :
le docteur connaissait ma force ; d'ailleurs je l'assurai que je ne voulais faire
de cela qu'une plaisanterie et mys-
tifier un sot. En effet sur le terrain, je
m'amusai d'abord à lui faire sauter le
fer plusieurs fois, puis par un dédou-
blement d'épée, visant droit à l'oreille
gauche, je la lui enfilai avec une dextérité qui étonna le docteur, lui qui avait
exigé qu'il resterait témoin. « Allez
» maintenant, monsieur le fanfaron, et
» dites à votre *jeune* sœur , (d'un âge
» d'ailleurs très-raisonnable, car je me
» la rappelle à présent ,) que ce n'est
» jamais par la subtilité ou la force
» qu'on trouve un époux , mais bien
» par les grâces et la douceur. »

Cette affaire fit beaucoup trop de

bruit dans Séville , d'autant plus désa-
gréablement , qu'elle fixa la plus ardente curiosité sur ma personne , et
fit tirer de mon courage les plus inquiétantes conjectures pour ma modestie. Saint-Elme que j'avais laissé at-
téré de mes refus inintelligibles , qu'il
attribuait à une fierté mal entendue ,
n'avait pas paru dans la société du docteur depuis quelques jours ; ce refroidissement subit ne me semblait pas naturel après tant de marques d'amour et
de désespoir ; avait-il pu en un instant
changer, et reporter tous ses sentimens
sur Nathalia , dont le secret penchant
à l'aimer ne lui avait pas échappé ?
Ma rivale elle-même avait-elle été capable de me noircir dans l'esprit de
mon amant , de lui faire part de tous
ses doutes sur ma personne ?... Non ,
Nathalia ne songeait pas à cette per-

fidie. Cependant mon esprit ingénieux
à se tourmenter, se perdait en probabilités, lorsqu'un matin me mettant
à mon *mirador*, je reconnus sous la
livrée de Saint-Elme, un des paysans
du village de Carcassona, où le lecteur se rappellera que je passai mes
premières années. Le reconnaître,
supputer à la fraîcheur de son habit,
le peu de temps, ou plutôt le peu de
jours qu'il pouvait être au service de
son nouveau maître ; en inférer que
j'avais été indubitablement reconnue
par ce cruel délateur, dont la langue
infernale aurait tout découvert à Saint-
Elme, fut dans mon esprit épouvanté,
l'effet de l'éclair... — Hélas je ne m'é-
tais pas trompée; il n'était que trop vrai
que le bel Algérien connaissait le
monstre qui l'avait quelque temps
abusé.....

Je crois que les tortures les plus

cruelles de l'inquisition n'eurent jamais rien de comparable à mes douleurs ; j'aurais voulu me cacher dans les gouffres de la mer ; dès ce moment terrible, je résolus de renoncer tout à fait à la société, et de m'ensevelir dans ma chambre. Nathalia ne manqua pas de m'y importuner des doubles témoignages de sa curiosité et de sa tendresse. Position délicate !.. je gémissais en amante méprisée, et le second personnage qui s'était indentifié à ma personne cherchait à rentrer dans la voie de l'amour, par les moyens qui lui étaient possibles ; ainsi tourmentée comme un automate sensible, tiré par mille fils différens, je ne pouvais recevoir sans danger les consolations de ma belle amie ; le docteur même avait de violentes inquiétudes sur les visites que me faisait sa fille, et je n'accueil-

lais plus qu'en rougissant l'innocence
de ses baisers....— Combien de fois
Nathalia ne me surprit-elle pas pros-
ternée devant le crucifix qui était
dans mon alcôve! C'est là que je suppliais l'Eternel de cesser de me rendre
le malheureux objet d'un combat trop
inégal; je pensais même une nuit,
quelle affreuse idée !..... qu'un acier
homicide pourrait sans attenter à mes
jours..... Pardonne-moi, mon Dieu,
cette funeste pensée : mais qui n'aurait
pas détesté la vie parmi tant d'ignominie ?...

Un silence profond et sombre ré-
gna désormais sur Saint-Elme ; il savait
tout, et accablé du coup, une seule
fois il avait pressé la main du docteur
pour toute explication de son absence;
ce dernier l'ayant compris, avait levé
les yeux au ciel, comme sur un mal-

heur irréparable, et j'avais été *l'heu-reux* objet de cette *flatteuse* panto-mime! Plus que jamais dona Angelina avait conçu l'espoir d'une union entre St-Elme et Nathalia: la chose était si na-turelle! quant au cruel villageois, qui avait par ses rapports renversé l'édi-fice si fragile, il est vrai, de ma félicité, l'envie, la médisance et la malignité s'é-taient emparées de ses moindres mots; le sot, à l'oreille percée, et sa digne et grotesque sœur, n'avaient pas manqué de les amplifier; de sorte que bientôt les familiers de l'inquisition, dans un absurde fanatisme, vinrent déclarer au docteur que mon secret s'étant ébruité et ne pouvant causer que le plus grand scandale, il me fallait absolument quit-ter la ville; ma sûreté même l'exigeait, puisque la populace en murmurait souvent dans les places publiques,

comme d'un fléau qui menaçait la vie
et les propriétés des citoyens. A ce
comble d'affront, il m'en fallut subir
encore un que je n'aurais pas même
deviné : la faculté de médecine voulut
confirmer le fait, et ma pudeur fut
livrée sans réserve à ce nouveau genre
de supplice. Hélas, plus d'amant plus,
d'amie ! tout ne devait-il pas fuir mon
opprobre ! Des curieux attroupés sous
nos fenêtres , m'annoncèrent peu de
temps après que mes jours mêmes
n'étaient plus en sûreté. Dans cet état
de crise , il faut le dire à l'honneur de
Saint-Elme , il m'offrit encore tous
ses secours, m'écrivant que, « de
» même qu'il avait exposé sa vie pour
» arracher la mienne à la fureur des
» ondes, il était prêt à tout entrepren-
» dre pour me servir.. » Je ne répon-
dis que par un *non absolu* à toutes ses

offres ; la honte m'accablait trop pour
pouvoir jamais supporter ses regards ;
à peine pouvais-je lever les miens sur
une miniature que j'avais peinte furtivement , et où *l'heureux naufrage* ,
qui m'avait offert pour la première
fois les traits charmans de mon libérateur , était exactement dépeint dans
tous ses détails : c'était le seul bien
qui me restait après tant d'espérances
déçues ; j'étais même à le contempler,
à l'arroser de mes pleurs , quand don
Anzelmo , entrant mystérieusement
dans mon appartement , une bougie à
la main , et en habit de voyage , m'an
nonça d'un air affligé , que la prudence et même la sûreté de ma personne exigeaient que je partisse dans
la nuit même pour Madrid , afin de
me dérober à tout danger.

Le docteur me remit une lettre on

ne peut plus paternelle, de don Juan Mathias, dans laquelle ce vénérable pasteur, par les termes les plus ménagés, fortifiait mon courage de toutes les lumières de la religion, et finissait par m'assurer dans un sentiment prophétique, « que puisque » Dieu l'avait choisi pour mon premier tuteur, il ne désespérait pas » qu'il daignerait encore l'employer à » découvrir les traces de mon origine. » Dona Isabella, cette tendre amie, qui prit un soin si touchant de mon enfance, avait également tracé de sa précieuse main, quelques lignes très-affectueuses au bas de cette même lettre, en me protestant que dans toutes les occasions possibles, je retrouverais toujours le cœur le plus fraternel dans sa chère Isabella.

Ma première idée, souriant à ces

images de paix et de tranquillité dont j'avais joui à Carcassona dans mes jeunes ans, fut de penser à y retourner. Hélas! ce refuge ne m'était-il pas fermé ainsi que celui de Cadix, par les mêmes motifs? Je me bornai donc à répondre dans les expressions les plus reconnaissantes et les plus respectueuses au bon curé, en lui demandant sa bénédiction, ainsi que la continuation de l'attachement de ma chère Isabella, qui me devenait plus précieux que jamais. Par *post-scriptum*, j'annonçais que j'écrirais itérativement de Madrid, et que là, je les instruirais des tristes causes de mon brusque départ de Cadix. Le docteur chargea son épouse de faire parvenir ma lettre à Carcassona, et après avoir reçu les embrassemens muets de Nathalia, don Anzelmo et moi, nous partîmes dans

une voiture de poste sur laquelle
étaient chargées mes malles. Nous
nous arrêtâmes très-peu de jours à
Séville , et malgré que nous nous y
trouvâmes lors de l'arrivée des galions
royaux , et de superbes courses de
taureaux , nous ne prîmes qu'une bien
faible part aux fêtes publiques. Une
fois seulement , le docteur pour dissiper mon extrême chagrin , voulut
que je l'accompagnasse à *una corrida
de torros* ; j'y consentis , pour ne pas
paraître opiniâtre dans ma douleur ;
mais la fatalité qui me poursuivait sans
cesse , faillit attirer au docteur une
fâcheuse aventure. Le marquis de
Santa-Colomba , jeune cavalier plein
d'audace , se trouva près de notre loge.
Voyant que *l'estocador* hésitait , trem-
blait devant le taureau qu'il devait immoler, il s'élança aussitôt dans l'arène,

et s'emparant du glaive, le plonge dans le cœur de l'animal furieux, au risque des plus grands dangers ; puis retournant dans sa loge, il y est bientôt comblé des plus vifs applaudissemens.

Don Anzelmo ne pouvait refuser de joindre son admiration aux acclamations générales : « Je ne serais ja-
» loux que d'un suffrage, lui répondit
» le marquis, en jetant un coup-d'œil
» significatif sur moi, et j'exposerais
» volontiers encore ma vie pour un seul
» sourire de la beauté. » Je baissai les yeux en rougissant, et priai instamment don Anzelmo de nous retirer, attendu que je ne me trouvais pas bien et que je redoutais comme la mort quelque nouvel hommage dont l'issue tournerait encore à ma honte. Le marquis prit notre retraite brusque, pour une insulte, et en de-

manda compte d'une manière très-
vive à mon cher protecteur. Celui-ci
était également fier et sensible, et une
affaire d'honneur eût été indubitablement la funeste conséquence de cette
fausse interprétation, si, voulant sacrifier quelque chose à la force des
circonstances, je ne m'étais assise de
nouveau, pour ramener la paix. Le
marquis, plein de feu, d'amour-propre et de sensibilité, se confondit en
excuses, rejetant ses vivacités sur le
prix de notre voisinage : peut-être
que, se méprenant sur mes véritables
sentimens, sa vanité lui fit croire
que j'étais en secret sensible aux siens.
La suite ne me confirma que trop
dans cette première conjecture. Enfin
la course terminée, nous partîmes,
non sans que le marquis de Santa-
Colomba nous comblât de ses nou-

veaux complimens et de ses nouvelles
excuses : il voulait à toute force nous
faire monter dans son brillant équipage ; mais don Anzelmo, montrant
une politesse froide, ne voulut jamais y consentir.

De Séville à Madrid, notre voyage
n'offrit rien de particulier ; le docteur
seul, toujours nouveau, toujours intarissable dans ses entretiens amu-
sans et instructifs, m'aurait fait oublier mes anxiétés, si une passion
aussi violente que la mienne avait
pu se guérir par des diversions aussi
ingénieuses et aussi spirituelles que
ses conversations. Esprit fort sans ma-
térialisme, don Anzelmo traitait les
choses et les intérêts fugitifs de ce
monde avec le plus beau dédain
philosophique : il savait parler des
passions en homme qui les avait

éprouvées fortement, et s'efforçait de
m'en démontrer le vide et le danger ;
il ramenait tout au pied du sanctuaire
de la religion, dont on contemple,
disait-il, comme d'un port tranquille,
les orages impuissans. Cette doctrine
était superbe sans doute, mais un
cœur aussi ulcéré que le mien pouvait-il la goûter? Il fallait au moins
que le tems en cicatrisât les vives blessures.

Notre entrée dans Madrid eût été
bien agréable pour moi dans une autre
disposition d'esprit ; elle eut lieu par
la porte d'*Alcala ;* c'était un diman-
che à trois heures de l'après - midi,
moment où le beau monde et les élé-
gantes étalent leur parure au *Prado,*
promenade si célèbre dans les romans
espagnols. Mille beautés y briguaient
les hommages de la galanterie, tandis

que deux rangées de voitures tour-
naient au pas, dans un cercle ovale,
près des promeneurs. Sous le voile et
l'éventail, mille œillades friponnes
données et rendues, commençaient
une intrigue d'amour, tandis qu'un
amant trahi aiguisait pour le soir
même un stilet assassin. Le tems du
Carnaval où nous étions, ajoutait sa
bruyante folie au tumulte ordinaire
de cette grande ville; et si le plaisir
fut jamais dans le bruit et la confusion, je n'en pouvais concevoir une
plus haute idée qu'en ce moment.
J'avoue que quelques pleurs de regrets
humectèrent mes paupières, non pour
ces récréations frivoles et actives qui
s'adressent plus à la vanité qu'au
cœur; mais mon horrible organisation
ne me fermait-elle pas tous les genres
d'agrémens? Ma beauté même, puis-

que l'on ne cessait de me fatiguer de
ce mot, n'était qu'un acheminement
funeste à la découverte de mon affreux
secret. D'une figure et d'une tournure
insignifiantes, *j'aurais glissé* entre la
vie, sans être aperçue, et n'aurais
pas été si fatiguée d'éloges, que pour
être ensuite couverte d'infamie. Mais
telle était la malignité de mon étoile,
que l'éclat même de mon extérieur
amenait toujours quelque nouvelle
catastrophe.

Nous descendîmes à l'auberge de
l'*Angel*, rue *Delas Carretas*; il fut
convenu entre le docteur et moi,
pour plus de décence, « que je passe-
» rais pour sa nièce, et que je me
» nommerais désormais *Lucia Vegas*;
» que j'aurais une partie de ma famille
» à Astorga, dans les Asturies, et que
» nous venions à Madrid pour goûter

» les plaisirs tant renommés de la ca-
» pitale de l'Espagne. »

Ce petit roman était à peine forgé,
que nous entrâmes dans les cours de
l'hôtel ; le premier objet qui frappa
mes yeux, ce furent, sur une élégante
calèche de voyage, les armes du marquis de Santa-Colomba ; il était arrivé
avant nous : ainsi ce ne pouvait donc
être qu'un singulier hasard qui le
faisait loger sous le même toît que
nous : cependant, je ne pus m'empêcher, d'après le caractère vif et romanesque du marquis, de soupçonner quelque plan de galanterie dent
j'allais peut-être me trouver encore le
malheureux sujet. Nous étions trop
fatigués pour penser à nous rendre à
quelque bal masqué ; aussi, après un
léger repas, nous ne pensâmes qu'à
aller nous reposer. J'étais à peine dans

1.   6

mon lit, repassant dans mon esprit affligé toutes les vicissitudes humiliantes que j'avais essuyées en si peu de temps ; je donnais, dis-je, quelques larmes à la tendre amitié de Nathalia , à l'amour *inutile* du charmant Saint-Elme , lorsque mes oreilles vinrent à être mollement frappées d'une voix douce et sonore qui s'accompagnait merveilleusement bien d'une guitarre : la légèreté de la cloison qui séparait nos appartemens de celui du chanteur inconnu, me permit de distinguer parfaitement les paroles des couplets qui s'exprimaient ainsi :

Tout est changé dans les cieux, sur la terre;
Cypris n'est plus la reine des Amours ;
Le blond Phœbus, ce Dieu qui nous éclaire,
Ne sera plus le père des beaux jours.

La rose en vain, sur sa tige épineuse,
De sa jeunesse étale les couleurs :

Abaisse ici ta tête fastueuse ;
Non, tu n'es plus *la première* des fleurs.

Une beauté, des mortels adorée,
    ace tout par mille attraits nouveaux ;
Clémentine , au lieu de Cythérée,
Règne aujourd'hui dans Gnid et dans Paphos.

O doux objet ! comme Hébé, comme Flore,
Tu vas t'asseoir à la table des Dieux ;
Mais daigne au moins sur l'amant qui t'adore,
Laisser tomber un regard de tes yeux.

Ainsi, à peine entrée dans Madrid,
de nouvelles contrariétés allaient m'y
persécuter ! il ne m'était donc pas
possible d'échapper à mon génie, à
mon sylphe malfaisant. C'était le marquis de Santa-Colomba lui-même ;
je le reconnus bientôt au son de sa
voix : instruit de mon nom, il me
soupçonnait donc d'origine française, puisque son indiscret amour se

déclarait dans la poésie de cette langue !.... Il allait sans doute s'attacher à
mes pas, plein d'une passion dont
l'issue serait de m'abreuver de nouveaux outrages; il m'avait suivie de
Séville à Madrid; avait recueilli des
informations ; mais comment pouvait-il si promptement savoir ?.. —
Voilà ce qui me confondait. Je me
levai, et m'assurant bien de la ferme-
ture de mes portes, la fatigue me
fit ensuite succomber au sommeil.

Au déjeûner, je fis part à don Anzelmo de ma désagréable découverte : « Désagréable, me répondit-il ;
» belle et de l'esprit, Clémentina,
» vous devez vous attendre souvent à
» ce genre de désagrémens, pour peu
» que vous vous répandiez dans le
» monde. » Oui, mais ce n'est pas du

tout là mon intention, lui dis-je ; au
contraire, puisque votre projet, cher
tuteur, est de passer quelque temps
dans cette ville, quittons de suite cet
hôtel trop en évidence, louons un
appartement garni bien modeste, dans
un quartier tranquille et désert, et dé-
livrez-moi de cette manière de toutes
ces déclarations romanesques et spon-
tanées qui m'humilient beaucoup plus
qu'elles ne me flattent. Le bon et
compatissant docteur n'avait jamais
rien refusé même à mes caprices,
encore moins pouvait-il rejeter une
prière si raisonnable. Nous allâmes
donc nous loger *calle de Tolédo*, en
faisant faire maints détours à notre
voiture, pour dérouter tout à fait les
poursuites de ce nouve' amant. Dans
le nouveau logement que nous possédions, un piano, une harpe, une

jolie bibliothèque avaient été mis à
ma disposition ; d'un petit belvédère
assez élevé , j'avais même vue sur le
Prado et le cirque des courses, de
sorte que sans sortir de mon appartement et d'un assez spacieux jardin
que j'avais sous mes fenêtres, je pouvais jouir du Panorama et du mouvement le plus agréable. Le docteur
de son côté étudiait, lisait, allait voir
quelques confrères de sa connaissance lors de ses études à Madrid, de
sorte que les semaines et les mois s'é-
coulaient dans la plus douce sérénité.
Si j'allais au spectacle *del Principe*,
j'avais soin de me tenir toujours voi-
lée ; je ne sortais jamais qu'à la brune,
et enfin tout annonçait dans ce nouvel et heureux état de choses, que
j'avais triomphé de tous ces ennemis
invisibles, habiles à me tourmenter :

mon cœur sans doute murmurait tout
bas ; une constitution aussi ardente
que la mienne ne pouvait être que
bien difficilement contenue par des
hochets ; mais de quoi ne vient pas à
bout une ferme résolution de vertu !
La mienne semblait braver les dangers du port que la bonté du docteur m'avait ouvert. Hélas! je connaissais bien peu la fragilité du cœur
et des sens !

Un après-midi que je me récréais
à regarder les équipages entrer au
Prado, parmi quelques brillans cavaliers je reconnus parfaitement Saint-
Elme qui montait un superbe coursier,
et faisait admirer sa grâce et sa vigueur
à maintes coquettes, avides de fixer
ses hommages. Quel moment ! quelle
agitation soudaine ! ma guitarre que
je tenais, m'échappa des mains sans
que je m'en aperçusse ; heureuse-

ment qu'elle alla tomber sur un cyprès, et ne se brisa pas. Saint-Elme
à Madrid, me disais-je ! ainsi il n'avait
donc conçu aucun véritable amour pour
Nathalia ! Il me serait fidèle... je pourrais le revoir constant.. à mes genoux...
le serrer dans mes bras..... — Ah !
Clémentina, dans quel nouvel abîme de
pensées t'égares-tu ! et de quel œil pour-
rais-tu regarder Saint-Elme ? tu mour-
rais de confusion s'il se présentait.
N'es-tu pas toujours l'infortunée Clémentina ? ou plutôt tu n'es *rien*, tu
n'es qu'un objet repoussant que les
hommes étonnés regardent avec un
secret mépris, que les superstitieux
redoutent, et que les cloîtres reje-
teraient peut-être..... — Pendant ce
douleureux monologue, Saint-Elme
avait disparu dans la foule; et je ne laissais pas de contempler encore les
légères vapeurs de sa fugitive appa-

rition, ainsi que la place où je
l'avais reconnu, lorsqu'une demoi-
selle, grande, maigre et laide, vint,
plutôt par curiosité que par obligean-
ce, me rapporter ma guitarre qui,
comme je l'ai dit, s'était arrêtée sur
un cyprès dans le jardin. En la remer-
ciant de son aimable complaisance,
je lève les yeux sur elle, et elle sur
moi.... — Qui pensez-vous, cher lecteur, que je reconnus dans ce nouveau personnage qui s'était logé depuis
peu de jours dans notre maison? Je ne
veux pas vous faire languir : c'était
cette *Nina Vernon*, dont j'ai déjà fait
connaître la manie matrimoniale ; un
singulier hasard la rendait cousine de
notre hôtesse qui était veuve d'un offi-
cier des gardes Wallones, et mon démon infatigable l'amenait tout exprès
dans mon voisinage pour me causer

6,

sans doute quelque nouveau désagré-
ment. A peine eut-elle levé sur moi
ses petits yeux caves et rougis des
pleurs du célibat, qu'un rouge vif se
répandit sur ses joues creuses et pâles
de langueur. —Oh!... ah!... *haï de-
mill.qué démonio!...*s'écria-t-elle.—Et
mais, « qu'avez vous donc, Mademoi-
» selle, lui demandai-je à mon tour, »
cachant le mieux possible mon propre
étonnement ? — « Oh ! ce n'est rien,
» dit-elle,.... car ce n'est pas pos-
» sible... mais qu'elle ressemblance....
» —Oh, ce ne peut-être que son
» frère, se dit-elle à elle-même en
» s'en allant. » Je n'augurais rien de
bon de cette particularité ; dona Marcellina, indiscrète et curieuse à l'excès, allant, venant sans cesse et partout
pour prendre un mari au collet , n'aurait pas de repos qu'elle ne m'eût pé-

nétrée ; car avec tous les ridicules
d'une vieille fille de petite ville, elle
ne se bornait pas à étendre ses filets,
à cacher ses hameçons grossiers, pour
attraper au passage quelqu'époux
confiant. Sa langue envenimée donnait un tour suspect aux choses les
plus innocentes ; on ne me l'avait que
trop appris à Cadix, et le souvenir que
je conservais de sa conduite, ainsi que
de celle de son frère, (ce nouveau Don-
Quichotte de l'Andalousie,) ne pouvait que justement m'alarmer. Le
docteur rentra ; je ne lui cachai absolument rien de la présence de Saint-
Elme à Madrid, et de mes craintes sur
Marcellina. Il ne fit que rire de cette
dernière ; mais notre héros l'inquiéta
un peu ; au surplus il ignore la ville
dans laquelle je me proposais en partant, de vous conduire, j'ai été jus-

qu'à lui parler de la France, de Paris
même, n'ayant pas moi-même de plan
bien arrêté... — Comment voulez-vous
donc, Clémentina, continua don Anzelmo, après une pause, qu'on puisse
nous découvrir ici? — Ce qui me con-
trarie bien davantage, c'est d'avoir été
rencontré par le marquis de Santa-Colomba j'ai feint de ne pas l'avoir aperçu, et lui-même aura dissimulé ; mais
s'il a su adroitement mefaire suivre malgré mes marches et contre-marches,
sa bouillante jeunesse va nous mettre
sur les bras plus d'un embarras. Voilà
ce que c'est qu'un minois français,
s'écria le docteur en me regardant avec
gaîté, et puisque le nez retroussé de
Roxelane a bien manqué renverser
l'empire Ottoman, il n'est pas douteux
qu'une beauté si parfaite doit opérer
de bien plus grandes révolutions,... Je

n'étais pas assez en disposition de ba-
diner, pour lui répondre sur le même
ton.

Mais je m'aperçois un peu tard
que j'ai dépassé les bornes ordinaires
d'un chapitre ; fermons donc celui-ci,
et rassemblons toutes les forces de
notre mémoire , afin de suivre avec
exactitude la nouvelle chaîne des événemens dans le chapitre qu'on va lire.

CHAPITRE IV.

Le marquis de Santa-Colomba se déclare son nouvel amant à Séville, la suit à Madrid; Clémentina y déploie la valeur d'un vrai chevalier, et se venge par son épée de la méchanceté et des calomnies de dona Marcellina. — Un marin mystérieux lui donne des espérances sur les moyens de recouvrer les droits de sa naissance et de sa fortune. — Elle entre au couvent de *Las Salesas*. Elle pense que la Supérieure est sa mère. Entretien touchant entre Clémentina et cette dame.

Malgré l'air rassuré du docteur, je ne laissai pas de me coucher avec les plus vives inquiétudes. J'adorais toujours Saint-Elme, mais mon orgueil

le redoutait; il y avait certains momens
où j'aurais préféré savoir que je ne
paraissais à ses yeux qu'une monstruo-
sitérévoltante dont les liaisons, quelles
qu'elles fussent, ne pouvaient que
compromettre la réputation d'un galant homme, et lui donner dans la société, pour le moins, les plus grands
ridicules. Le jouet de mille sentimens
divers, mon cœur exalté adouci-sait
ensuite, palliait les horreurs de ma
situation, et me regardant dans ma
glace, je me demandais avec complaisance ce que ma personne avait de si
étrange, de si détestable. Saint-Elme
a de l'esprit, me disais-je, de la philosophie : je parierais que son amour a
pris une direction *platonique*, et que
rejetant l'influence matérielle des sens,
il ne veut désormais m'aimer que de
l'amour divin des anges : moi-même,

ajoutais-je dans mon enthousiasme, épurant mes feux, ne lui portons qu'un cœur *sans désirs*, une passion *sans but*; nous ne nous en adorerons que plus long-temps, sans avoir à gémir des mêmes regrets que Saint-Preux et sa trop faible Julie. Cette nouvelle perspective brillait agréablement à mon imagination fascinée. Quant au marquis, beaucoup de froideur, un refus positif l'éloignait bientôt, s'il venait à m'importuner. Puis de chimère en chimère, je me plaisais à bâtir des châteaux en Espagne; je retrouvais ma mère, une mère adorée, chérie, qui était pour le moins une baronne, une comtesse; un frère... le plus aimable des frères, puissamment riche; je passais à Londres; là, changeant de nom, un nouveau voile impénétrable jeté sur mon secret, me rendait l'hon-

neur, le bonheur et les plaisirs d'une
nouvelle vie. Saint-Elme, (car pouvais-je jamais séparer Saint-Elme de
mes chers projets,) m'épousait autant
par amour que par grandeur d'âme ;
ensevelissant toute notre félicité en
nous-mêmes, nous cessions de nous
affliger de ne pouvoir jamais avoir de
postérité; et enfin dans ce tableau enchanteur, ma gloire et mon bonheur
m'étaient tout à fait rendus. L'homme
n'est-il pas heureux que par de brillantes
rêveries ! une seule chose m'effrayait
au sein de mon mariage imaginaire :
dans les bras de mon futur époux,
c'était cette disposition affreuse dont
j'avais moi-même horreur, ce goût
invincible qui ne me rendait que trop
sensible aux attraits d'une jeune vierge;
je sentais mieux que personne tout
l'odieux, toute l'infamie de cette bi-

zarre et double inclination , mais ne
vivait-elle pas malgré moi dans mon
sang? tel que l'amour d'Héloïse pour
Abeïlard , elle était dans toute ma vie.
Si j'avais pensé que la rigueur des abs-
tinences , la ferveur de mes prières ,
pussent me délivrer de ce joug honteux,
j'y eusse eu recours aussitôt, mais les
torrens de larmes que j'avais déjà ver-
sées à ce sujet, ainsi que mon humilité
devant l'Eternel, ne m'avaient que trop
démontré que la mort seule pouvait, en
terminant la vie de l'infortunée Clémentina , tuer aussi le serpent affreux
qui s'était attaché impudiquement à
sa ceinture.....

Pleine de ce mélange de pensées opposées , le lendemain je me levai de
bonne heure , et courant à un grand
nécessaire qui contenait le hochet en
cristal dont j'ai déjà parlé dans les pre-

mières pages de ce livre, le portrait
d'une belle femme dont il a été également question, je m'écriai avec la plus
vive sensibilité, en contemplant cette
miniature précieuse : « Oui, voilà
» ma mère ! quelle beauté ! quelle
» fraîcheur ! et surtout quel air noble
» et distingué ! Un jour elle me sera
» rendue ; elle reconnaîtra avec ravis-
» sement sa fille... oh ! oui, elle la re-
» connaîtra à des marques... » — Ici,
une grosse larme tomba sur le portrait :
puis relisant la copie du procès-verbal
des moindres circonstances de mon
naufrage sur le rivage de Carcassona ,
et qu'avait si bien dressé don Juan
Mathias ; touchant et retouchant mille
fois , comme de précieuses reliques ,
les vêtemens de mon enfance, j'implo-
rais la Providence de rendre ces in-
appréciables vestiges les instrumens

de la découverte de mes chers parens :
car, pour admettre l'idée que ma
mère avait pu périr au sein des flots,
rien au monde n'aurait pu m'y faire
consentir. Selon mes tendres folies
filiales, ma mère adorée devait vivre,
faire l'ornement du monde, comme
elle régnait dans mon cœur. Quel âge
peut-elle avoir maintenant, me disais-
je en souriant ? Oui, à peu près trente-
trois ans; pour une beauté comme elle,
c'est l'été de la vie. Quittant un moment ce portrait, j'examinai scrupu-
leusement le hochet en cristal. Le docteur entra en ce moment, une lettre à
la main, car il avait bien recomman-
dé à son épouse de lui renvoyer toutes
ses lettres poste restante à Madrid. Allons, vous n'êtes pas raisonnable, Clémentina, de vous affliger sur des maux
irréparables. Pourquoi nourrir votre

mélancolie avec cette image? quelque
belle qu'elle soit, vous avez perdu
votre mère; mais n'en ai-je pas le
cœur, et votre famille entière ne vit-
elle pas en moi?—Tenez, voici des nouvelles de don Juan, elles donnent une
lueur d'espérance sur votre naissance;
ne l'avais-je pas bien dit, m'écriai-je,
que mes pressentimens ne me trom-
paient jamais! — En résumé, don
Juan m'apprenait que, dans le cours
du mois de janvier 180*, un matelot
était venu s'informer près de lui, si
un bâtiment français, *l'Eole*, faisant
voile pour la Jamaïque, ou peut-être
encore l'île Bourbon, et ayant relâché
à Malaga, n'avait pas échoué sur la
côte de cette ville, il y avait à peu
près dix-neuf ans; ce matelot, disait le
généreux curé, envoyé par des personnes de distinction, avait fait le

trajet de Bordeaux en Espagne par un
vent favorable, en moins de sept jours;
ainsi, dans le moment qu'il écrivait,
il possédait chez lui ce précieux marin,
et se proposait de se rendre à l'amirauté de Cadix, chez le consul français
à Malaga, à l'effet de recueillir tous
les documens nécessaires. Don Juan
terminait sa lettre par me protester
qu'il ne mourrait content que quand
il m'aurait rendu mon nom et ma fortune.

Quel changement inespéré, dis-je
au docteur, l'âme navrée d'espoir et
de plaisir! nous étions à nous réjouir
de cette première félicité mystérieuse qui nous en présageait une
si grande, lorsqu'une troupe d'alguazils entrant inopinément dans
mon appartement, le chef ayant à
la main un rouleau de papier sans

timbre royal , porta ainsi la parole ; .
s'adressant à moi-même : « Made-
» moiselle , ou *Monsieur* , dit l'im-
» pudent; quoique sous le faux nom
» de *Lucia Vegas* , n'êtes-vous pas
» connue à Cadix sous le premier
» nom de *Clémentina de Tombeuilles* ?
» Sans doute, répondis-je avec fermeté;
» et rassemblant tous mes esprits : ce
» n'était que pour éviter de dange-
» reuses poursuites d'un homme dont
» je ne puis ni ne veux souffrir les
» soins, que je me suis cachée sous le
» premier nom; et quant au sens in-
» jurieux de votre apostrophe , lui
» dis je avec fierté, de quel droit osez-
» vous insulter une étrangère qui par
» cela seul ne s'en trouve que plus
» fortement sous la protection des
» lois?... . Je suis avec un homme
» d'honneur, et le roi et la justice me

» doivent leurs secours contre la ca-
» lomnie. » — Mademoiselle, me
» répondit un peu effrayé de mon air
» mâle et décidé, l'alguazil major,
» mon ministère n'est pas plus de vous
» accuser que de vous juger; mais
» d'après les ordres que j'ai reçus du
» corrégidor-major, vous m'accom-
» pagnerez dans la voiture qui est en
» bas; de là, je dois vous conduire à
» la galéra de San-Fernando. » — A
» la galéra de San-Fernando! m'écriai-
» je hors de moi-même, et pour quel
» crime, grand Dieu! Ainsi, victime
» sans doute des délations les plus
» atroces, il me faut, toute innocente
» que je suis, essuyer les humiliations
» d'une criminelle, me voir confon-
» due parmi des prostituées!!! Ah!
» cruelle Marcellina, m'écriai-je dans
» dans un transport plus violent, je

» vois d'où part le coup ; ton amour-
» propre humilié veut ma ruine , et
» tu venges ton frère de ses affronts ;
» mais pour m'avoir vivante, déclarais-
» je bientôt avec un surcroît de fureur,
» il faudrait que des flots de sang inon-
» dassent le parquet !!!... »

Au même moment, je m'étais saisie
avec vigueur de l'épée de don Anzelmo,
et me postant dans une embrasure , je
donnai à ce ramas de lâches suppôts
une idée effrayante de mes puissans
moyens de défense. « *Monsieur !*
» *Monsieur !* s'écria à son tour le chef
» des alguazils, votre résistance va vous
» perdre ! rendez – vous , ou nous
» faisons feu. » — Je brave toutes vos
menaces ; plaise à Dieu que cet appartement devienne mon tombeau! A
cette déclaration formelle, l'alguazil-
major se jette le premier, l'épée haute,

sur moi; je pare vivement et lui plonge
la mienne dans la poitrine. Le docteur
armé d'un meuble, attaque le reste
de la troupe. J'en couche un second
sur le parquet.... Le sang ruisselle à
mes pieds... Des coups de carabine
partent, mais sans m'atteindre. Pleine
de fureur, je ne suis plus une femme,
je ne suis plus un homme, mais un
lion injustement provoqué qui se rue
sur sa proie : je les eusse tous immolés
si le docteur, s'opposant à ma furie,
ne m'avait fait par pitié épargner le
reste. Des cris si perçans, les clameurs des voisins, nos propres vociférations, avaient mis tout le quartier
en alarmes ; le peuple s'agitait autour
du jardin, quand un inconnu fran-
chissant le mur, l'épée à la main, se
précipite vers la scène du combat...
C'était le marquis de Santa-Coomba,
qui, épiant sans cesse les démarches du

docteur, avait enfin découvert ma demeure, et rôdait dans les environs.
Présumant ma vie en danger, sans connaître en rien les causes de c tte san-
glante catastrophe, en noble chevalier,
il n'avait écouté que son amour et son
courage. Sa généreuse valeur était
bien inutile : mon épée av it mis en
fuite tous ces misérables, et deux d'entr'eux, nageant dans leur sang, éten-
dus sur le parquet, n'a testaient que
trop ma glorieuse victoire. L'hôtesse,
tous les témoins confondus d'étonnement, semblaient se demander dans
leur silence, si je n'étais pas quelque
Roland Furieux caché sous des habits
féminins ; d'autres plus plats, plus
stupides, se signaient épouvantés, et
ne voulaient voir que de la magie
noire, de l'ensorcellement dans ma
force et mon audace, plus que natu-

relles , et j'avais enfin , selon eux , fait
un pacte avec le Diable. Voilà le langage du fanatisme , du moment qu'une
chose sort des bornes ordinaires de la
nature !

Cependant ma fureur ne se refroi-
dissait pas , et au lieu de prendre le
parti de la prudence , c'est-à-dire celui
d'une prompte retraite , je paraissais
braver tous les événemens : aigrie par
l'injustice du sort et les boutades de
l'adversité , à force de malheurs , je ne
craignais plus rien. Le marquis fut plus
sensé. Mais je n'ai pas encore parlé
de son étonnement , en me voyant ,
comme une superbe amazone , manier
avec dextérité , avec intrépidité , une
épée teinte du sang de mes agres-
seurs!!.. Comme femme, dans ma loge
à Séville , j'avais fait les plus vives impressions sur son esprit ; ici, comme

héroïne, j'élevais sa passion naissante
au dernier degré du délire ; mon attitude martiale, le feu qui brillait dans
mes yeux irrités, mon sein à demi-nu
par la vivacité de mes mouvemens,
enfin mes tresses flottantes sur mon
cou, tout sans doute en moi devait
présenter alors une de ces vaillantes
Spartiates, lorsqu'elles défendirent
Lacédémone contre les invasions du
héros thébain, l'immortel Epaminon-
das.

Ce genre d'héroïsme entrait entièrement dans les sentimens chevale-
resques du marquis ; je fus pour lui
en ce moment une séduisante Her-
silie, qui se jette au milieu des com-
battans, avide elle-même de combats.
Toutefois, je voyais à travers son admiration une sorte de stupéfaction ;
il semblait chercher le sens d'une énigme aussi merveilleuse, lorsque les cris

d'une harpie infernale, (qui pourrait-ce être , autre que Marcellina?) commença une attaque.... la plus sensible pour mon amour - propre. Cette mégère, sans ménager les expressions, divulga à tue-tête mon secret le plus douloureux. Quel coup affreux ! il semble en ce moment d'angoisses, qu'un épais bandeau cesse de couvrir les yeux des assistans : à l'admiration, succède un air de frayeur... Un air de mépris.—Nouvelle calomnie, dis-je au marquis, confondu des déclarations indécentes de Marcellina, je vous instruirai de tout ; mais pour Dieu, avant que la justice ne fasse de nouvelles poursuites, daignez me mettre en lieu de sûreté. Le marquis saisissant mon idée, me prit la main , et tous deux l'épée nue, nous sortîmes par un escalier dérobé, tandis que le docteur,

sur notre recommandation , se chargea de faire enlever nos malles , afin
de les mettre à l'abri des formes pro-
visoires du greffe. Il n'était pas décent
que j'allasse descendre à l'hôtel du
marquis , et je le lui observai , lorsque nous fûmes montés dans une voiture de place. « Ordonnez vous-même,
» me dit le marquis; mon unique
» ambition est de vous plaire , et de
» suivre aveuglément vos lois. » En ne
laissant pas de le blâmer d'un ton de
galanterie qui blessait ma délicatesse,
et surtout ma situation dépendante ,
je lui fis observer qu'un couvent était
le seul réfuge qui me convenait. Le
marquis ordonna donc au cocher de
nous conduire à celui de *Las Salesas*,
dont , me dit-il , une de ses tantes ,
femme à moyens et du plus grand mérite , était supérieure. En effet , par-

venus au milieu de la rue Foncarale,
le cocher arrêta vis-à-vis d'un petit
réverbère qui éclairait une Vierge,
et j'aperçus tous les dehors d'un lieu
de retraite religieuse. Nous nous as-
sîmes au parloir, en attendant l'arrivée
de madame la Supérieure. Elle vint
enfin : sa personne mérite bien quelques détails ici, car je fus frappée de
son air noble et imposant. A peine
âgée de trente-quatre ans, c'était un
beau jour dans toute sa splendeur,
bien proportionnée, grande, et offrant le port le plus majestueux ; son
teint, mélange heureux de lys et de
roses, ses beaux yeux noirs, ses mains
d'albâtre, tout présentait en elle l'objet le plus intéressant : ajoutez, cher
lecteur, à ces avantages naturels, les
grâces d'un costume mystique, si je
puis m'exprimer ainsi, du plus pi-

quant effet ; d'abord une guimpe
blanche comme la neige dessinait
l'ovale du plus beau visage, un ro-
saire en pierres précieuses ornait
son sein, et enfin une longue robe de
casimir lilas ne laissait rien perdre
de la majesté et de l'élégance de sa
taille ; les ordres de San-Yago et de
la Concession, qui brillaient en pierreries sur sa poitrine, annonçaient
en outre en elle un personnage de
la plus haute distinction.

Malgré que nous eussions laissé prudemment nos épées (peut-être encore
fumantes) dans le fond de la voiture,
notre air agité, le désordre de ma toilette, celui du marquis, tout dut faire
présumer à madame la Supérieure,
que nous nous trouvions dans la situation la plus violente. Après les politesses d'usage et une rapide apologie que

fit le marquis des motifs qui l'avaient jusqu'à ce jour empêché de présenter ses hommages respectueux à sa tante, il jeta des yeux inquiets autour du parloir où nous étions, et demanda s'il pouvait s'expliquer sans crainte. — La Supérieure voyant à ce ton mystérieux que la chose était d'une certaine importance, nous pria de nous rendre à son appartement. Nous ne fîmes aucune objection, et l'ayant aussitôt suivie, traversant de longs corridors, nous arrivâmes enfin au réduit le plus frais, le plus suave, que la volupté et le sybarisme du cloître puissent inventer dans ses pieuses recherches ; tout y respirait la plus délicieuse dévotion ; non celle qui marche nu-pieds sur des épines et des cendres, et se meurtrit le sein avec de cruels cilices et de barbares flagellations, mais bien cette

piété angélique et semi - mondaine ,
qui fait de Dieu un père bienfaisant ,
dont l'unique soin est de semer de
fleurs et de fruits le chemin aride de
la vie.

Le Marquis raconta très-succincte-
ment l'aventure extraordinaire dont
il avait été témoin et acteur , protesta
de ma vertu et de mon innocence , et
termina par assurer sa chère tante ,
qu'il lui devrait plus que la vie , si elle
daignait m'honorer de sa haute protection dans un cas si épineux. Les regards
de ma bienfaitrice m'apprirent promptement que son bon cœur m'était
déjà ouvert. Présentée par un neveu
adoré , et d'une des premières maisons
de la Nouvelle-Castille , il était peu
probable que j'essuyasse un humiliant
refus : d'un autre côté ma figure , quoique ma modestie souffre de le dire ,

ne pouvait pas être un obstacle à mes
prières ; le soin qui occupait donc
puissamment l'esprit frappé de cette
dame, puisait sa source dans un tout
autre intérêt ; elle se parlait à elle-
même, elle se disait tout bas, pendant
le récit du marquis : « *Dorothée* aurait
» maintenant cet âge, cette beauté... :
» il est vrai, moins de fierté, moins de
» hardiesse dans les traits, mais elle
» promettait bien d'être une des plus
» belles personnes de France. » Puis
elle essuya quelques pleurs qui se
mêlèrent à ces réflexions. Pour moi,
je sentais déjà naître au fond de mon
cœur une vive tendresse, dont l'a-
mour filial seul pourrait donner une
juste idée. Le marquis nous quitta,
en protestant de nouveau de toute sa
gratitude. Il était nécessaire, nous dit-
il, qu'il mît en mouvement tous ses

amis à la cour, qu'il usât de tout son
crédit, et qu'il n'épargnât pas l'or
pour étouffer une aussi fâcheuse affaire
que la mienne. Je restai donc seule
avec madame la Supérieure, qui daigna m'embrasser à plusieurs reprises
bien tendrement... avec une expression... une chaleur... Quelle terrible
épreuve ! Elle était si belle, si fraîche !
J'eus besoin, je l'avoue, de toute ma
vertu, pour ne pas laisser se mêler
à la pureté de mes sentimens, à la
sainteté du lieu, au sacré caractère du
grand personnage sous les auspices du-
quel la Providence venait de me placer,
des sentimens, des sensations étranges.... dont la pensée seule me couvre encore de confusion aujourd'hui,
après tant d'années écoulées sur ce
fait.

Sans attendre que j'exprimasse mes

désirs, cette généreuse bienfaitrice
mettait son bonheur à les prévenir tous:
elle ordonna à sa femme de chambre
d'apporter une collation qui se com-
posa, des fruits les plus rares de l'Amé-
rique, et de quelques vins les plus ex-
quis de la péninsule. Je protestai toujours qu'après tant d'agitation, il me
serait impossible de rien prendre ;
elle insista, et pour ne pas la désobli-
ger, je goûtai à quelques bagatelles.
Elle voulut absolument que je chan-
geasse de linge, d'habits; j'avais eu
très-chaud, c'était indispensable :
ayant remarqué que toute espèce de
refus de ma part la blessait vivement,
il me fallut, bon gré mal gré, faire
une nouvelle toilette, (celle des cloîtres
n'est pas sans art et sans coquetterie.)
Que de précautions ne pris-je pas en
changeant de linge ! Tant de réserve,

tant de pudeur entre femmes, avait peut-être sujet d'étonner la Supérieure. En tournant autour de moi, je l'entendis murmurer tout bas : « Oui, elle est charmante, elle est » divine, mon neveu en est probable- » ment épris..... mais cependant sa » conduite est délicate, il estime ce » qu'il aime. Aimable inconnue, » continuait-elle dans son touchant » soliloque, tu me tiendras lieu d'une » fille adorée, que j'ai probablement » perdue pour toujours... d'un époux » infortuné... » — A ces dernières expressions, je ne pus m'empêcher d'observer sa voix et ses larmes : « Vous » pleurez, Madame, lui dis-je ? dé- » posez vos peines dans mon sein, j'ex- » poserais de grand cœur ma vie pour » vous rendre heureuse. » Pour toute réponse, cette sensible amie se jeta

dans mes bras , et pressant ses lèvres
sur mes lèvres, elle porta de nouveau
dans mes sens un ravage auquel
toute la puissance de mes principes
put difficilement résister. Dans un
transport , dont la nature seule fut
coupable en moi , et dont ma chasteté
ne fut nullement complice , je l'avais
soulevée de terre avec tant d'énergie ,
que revenant à elle-même , elle fut
confondue des contrastes incompré-
hensibles que je présentais dans ma
personne , et n'en concevait que
mieux qu'avec un tel physique la
narration du marquis ne pouvait rien
avoir de mensonger ni de fabuleux.

Quoiqu'elle brûlât de parler, elle
n'en renferma pas moins dans son sein
des explications qu'elle paraissait vivement chercher à obtenir de ma bouche ; mais se faisant violence, elle

voulut remettre au lendemain une
conversation si intéressante , et ne pas
me priver davantage du repos dont ,
disait-elle, je devais avoir un si grand
besoin. Je pris donc un bougeoir, et ,
guidée par ma charmante protectrice ,
j'entrai en possession d'une chambre
à coucher très-voisine de la sienne ,
et dans laquelle sa femme de chambre
avait eu ordre de tout disposer. Le
prie-dieu en velours noir que j'y remarquai, me causa la plus profonde
émotion ; je m'y prosternai aussitôt ,
et là, dans une ardente prière , implo-
rant la miséricorde divine , je lui demandai pour tous trésors : *le repos et
l'innocence.*

Les rayons du soleil, qui donnaient
dans mon appartement , me sortirent
du profond sommeil dans lequel
j'avais été entièrement ensevelie pen-

dant une très-heureuse nuit , si ce
n'est quelques songes dont ma pudeur
blessée se faisait difficilement l'aveu.
Saint-Elme s'était maintes fois présenté , orné de toutes ses grâces , à mon
imagination charmée. Sans doute il
n'y avait pas de quoi rougir d'une
telle apparition , malgré l'austérité du
lieu ; mais comment pouvais-je me
justifier au tribunal de ma propre délicatesse , des tableaux trop voluptueux
que les attraits de mon propre sexe....
Qu'ai-je dit , *de mon propre sexe !*
quelle prétention insensée ! Clémentina , aurais-tu cessé d'être exclue de
l'honneur d'appartenir à la race humaine ! — Laissons ces souvenirs coupables
et révoltans , m'écriai-je , me croyant
absolument seule donnant audience
à mes pensées. — Quelle fut ma frayeur
et mon poignant chagrin , lorsque

j'aperçus près de mon lit ma chère
bienfaitrice , qui , avide de saisir le
premier instant de mon réveil , s'était
glissée près de mon oreiller, et me con-
templait dans le désordre naturel en
pareille situation!!.. — Je jetai aussitôt
un regard rapide et inquiet sur ma personne : heureusement que rien n'avait
pu me trahir; et quant à mes exclamations indiscrètes , je pus les attribuer aux suites d'un rêve qui m'avait
occupée fortement. Notre tendre Supérieure prit donc facilement le change;
je lui demandai des nouvelles de sa
santé, je renouvelai toutes les marques de ma gratitude , et la priai de
me laisser habiller. Lorsque je fus en
état d'aller lui présenter mes respects ,
on annonça le marquis. Sa tante en
parut vivement contrariée, puisque sa

présence allait encore retarder le précieux moment pour elle , de toutes les
ouvertures qu'elle voulait me faire.
J'éprouvais bien au fond du cœur la
même impatience. Le marquis de
Santa-Colomba nous apprit qu'il avait
fait transporter dans un hospice les
deux alguazils que mon épée avait justement punis de leur insolence ; leurs
blessures n'avaient rien de dangereux ,
et l'argent qu'il avait déjà semé à propos avait étouffé toutes nouvelles poursuites ou plaintes juridiques : le corrégidor-major était désabusé sur les
rapports calomnieux d'une infâme délatrice, dona Marcellina , qui elle-
même avait disparu , voyant la puissance de son crédit intervenir dans
cette affaire; et enfin don Anzelmo
Maëstre avait su se réfugier prompte-

ment, avec tous nos effets, dans un quartier isolé de la ville, d'où il m'écrirait probablement sous peu d'heures, en m'envoyant mes malles.

Dans ce récit succinct, ainsi que dans son premier, le marquis, par une habileté de délicatesse que je ne savais trop admirer, n'avait pas touché un mot du point le plus outrageant des détails de Marcellina ; il s'était borné à dire qu'elle prétendait dans ses ridicules et habituelles manies, que je lui avais enlevé par mon manège et mes minauderies aux croisées de mon appartement, un futur époux qui n'avait, avant mes avances, des yeux que pour elle. Madame l'abbesse ne voulut pas en entendre davantage. Du moment que le docteur don Anzelmo est tuteur de Mademoiselle, je suis parfaitement satisfaite, dit-elle ; don Anzelmo jouit

de la meilleure réputation à Séville ,
où j'ai séjourné quelques années; et
ici même, on en a toujours parlé comme d'un médecin plein de mérite.
Malgré tout le *louche et l'extraordinaire* répandus sur ma personne , et
sur-tout ma conduite , cette dame at-
tachait trop de prix à ses espérances sur
moi, pour ne pas colorer des plus
belles apparences ce qui , à un esprit
judicieux et impartial, présentait
pour le moins les singularités les plus
bizarres.

Le marquis se retira pour achever ,
nous dit-il , de calmer tout le bruit
qu'avait fait dans la ville mon aventure
de la veille, et faire prendre le change
au public, par d'ingénieuses impostures. Quelques instans après je reçus
mes malles, rien n'y manquait; au
contraire j'y trouvai trois cents dou-

blons , effet de la générosité attentive
du docteur ; mais combien ne fus-je
pas affligée , lorsque j'appris par le billet qu'il joignait à l'envoi de mes coffres, qu'il n'avait pas un instant à perdre
pour se rendre à temps à Cadix ; on
venait de lui écrire que son épouse
était fort mal , et que ma chère Nathalia langui sait d'une passion secrète ,
mais mal dissimulée , dont la médisance me soupçon nait l'objet. Je ré-
pondis à la hâte par le même messager
aux communications affligeantes de
don Anzelmo , en lui renouvelant les
faibles expressions de mon attachement et de ma vive reconnaissance ,
et en le suppliant de ne pas manquer
de m'écrire à son arrivée à Cadix, *poste
restante* , sous le nom de *la Segnora
Simforosa Lopez.* Ainsi , après ce devoir pénible rempli, je pus être

toute entière à la disposition de
madame la Supérieure qui, pour éviter
de nouveaux incidens et de nouvelles
contrariétés, s'enferma avec moi dans
son appartement;

FIN DU TOME PREMIER.

CLÉMENTINE,

ORPHELINE ET ANDROGYNE.

Leur sainte fureur auraut été jusqu'à m'immoler
a leur stupide scrupule

CLÉMENTINE,

ORPHELINE ET ANDROGYNE,

ou

LES CAPRICES DE LA NATURE ET DE LA FORTUNE.

Par P. CUISIN,

AUTEUR DE QUELQUES ROMANS.

Cet homme d'une vierge a le sein ravissant ;
Cette femme, l'œil fier d'un bel adolescent,
Fille et garçon, l'amour lui prodigua ses charmes :
Aux bois elle est Diane, et Mars au sein des armes,
Et dans tout son éclat déploie aux yeux surpris
La valeur d'un héros et les traits de Cypris.

(ENEIDE.)

TOME SECOND.

A PARIS,

CHEZ LOCARD ET DAVI, LIBRAIRES,
quai des Augustins, N°. 3.

M. DCCC. XX.

CLÉMENTINE,

ORPHELINE et ANDROGYNE.

CHAPITRE V.

La comtesse de Damarsan, Supérieure du couvent de Las Salesas, fait le récit de ses aventures à Clémentina. Conformité étonnante. — Notre héroïne est admise comme novice; sa vertu triomphe de mille passions contraires : elle a la chasteté des deux sexes. — Galanterie ingénieuse de Saint-Elme qui la découvre dans ce couvent. — L'amour de Clémentina renaît avec ses espérances. — Nouvelles poursuites du marquis de Santa-Colomba.

Vous sentez bien , *chère inconnue* , me dit ma nouvelle bienfaitrice, qu'il faudrait avoir bien peu de monde et de pénétration, pour ne pas avoir remarqué dans tout ce qui vient d'être exposé à mes yeux, un défaut de vérité et de clarté que j'attends de vous-même, chère amie. Mon neveu, d'un caractère très-romanesque, paraît épris d'une grande passion pour vous : qui ne le serait pas, ajouta-t-elle en me regardant avec un souris? Mais laissons-le un moment aux aimables illusions du sentiment, quelles qu'en puissent être les suites, et voyons, en raisonnant juste, quelle est votre véritable situation. Puis-je être assez heureuse pour voir se réaliser les lueurs d'espoir qui m'ont causé cette nuit une si douce insomnie !

A cet interrogatoire pressant, mes joues, mon front, devinrent pourpres comme le visage d'un criminel; j'hésitai, je balbutiai : dire la vérité,

et toute la vérité, dans un pareil moment, c'était me perdre tout à fait;
je n'aurais pu rester un seul iustant
sans scandale dans ce lieu auguste, la
pitié même de l'abbesse ne pourrait y
consentir ; ensuite mon cher tuteur,
mon meilleur ami, venait de partir ;
je fus donc forcée d'apporter quelque
réserve à ma franchise. Cette femme
spirituelle et pénétrante , pendant mes
momens de pause et de silence, ne
faisait que m'examiner. Etonnée,
confondue de la rapidité des impressions opposées que lui offrait ma physionomie trop mobile, elle tombait
en extase; j'avais beau baisser mes
longues paupières, et tempérer l'éclat
indiscret de mes yeux, ma nouvelle
protectrice semblait posséder un fil
tutélaire dans ce dédale nouveau, et
chercher l'énigme de ma personne jus-

que dans le son de ma voix. Dieu !
serait-ce un hom..., s'écria-t-elle un
moment, d'un accent étouffé ! puis,
voyant les contours de mon sein s'é-
lever avec violence, elle retombait
dans toutes ses perplexités. Enfin,
voulant la satisfaire avec un entier
abandon, je lui racontai toute ma vie ;
St-Elme même lui fut connu ; mais,
comme je l'ai dit, je tus le secret de
la pudeur, Dieu même aurait-il exigé
ce douloureux effort !.. Aux détails de
mon premier naufrage, comme elle
tressaillit, comme son cœur palpita!....
— Ma fille ! ma fille, disait-elle tout
bas à travers les plus belles larmes, tu
me serais rendue.... ; mais ensuite à
la vue du portrait, du hochet en cristal que je lui apportai ; vaine illusion !
s'écria-t-elle : non, Clémentina, vous
n'êtes pas ma fille. Qu'importe, ajou-

tait-elle par une transition pleine de
tendresse , tu m'en tiendras lieu ; sois
mon enfant chéri ; les grâces , ton génie *extraordinaire* , me feront peut-
être oublier mon propre sang !!!...

Il y avait donc une conformité
étonnante , un rapport bien séduisant
entre mes aventures et les siennes. Je
brûlais à mon tour de les connaître ;
elle s'exprima en ces termes : « Telle
» que vous me voyez, Clémentina ,
» je suis Française ; j'épousai à quinze
» ans le comte de Damarsan. Nous
» possédions des biens immenses à la
» Guadeloupe ; et mon époux , malgré
» ma répugnance pour tout voyage sur
» mer, me fit partir pour cette île . il
» y a à peu près dix-huit ans. Une fille
» chérie , qui aurait votre âge main-
» tenant, ne nous quitta pas. Notre
» navigation fut assez heureuse les pre-

» miers jours, mais une tempête af-
» freuse nous fit dériver pendant plus
» de douze jours. Jamais les marins
» consternés n'avaient vu un pareil
» ouragan. Nous échouâmes enfin sur
» les côtes de la Corogne; mon époux,
» ma fille périrent ; moi seule et quel-
» ques passagers furent sauvés dans la
» chaloupe du capitaine. Arrivée à
» Madrid, je résolus d'y ensevelir dans
» un couvent ma mortelle tristesse ; le
» monde m'était devenu odieux : plus
» d'époux, plus de fille, la vie ne me
» paraissait plus qu'un désert effrayant!
» je pris donc le voile avec enthousias-
» me. Des vertus, qui ne sont peut-
» être que l'ouvrage de ma douleur,
» m'ont fait parvenir au rang dont le
» roi d'Espagne m'a honorée; et, je l'a-
» voue encore, quoiqu'on puisse me
» blâmer de mes espérances chiméri-

» ques, je ne crois pas descendre au
» tombeau sans avoir retrouvé ma
» chère fille. — Si mes respects, si
» l'amour le plus sincère peuvent la
» faire revivre en moi, madame, lui
» dis-je en me jetant à ses pieds que
» j'arrosai de mes pleurs, vous n'aurez
» jamais eu d'enfant plus soumis. —
» Etrange créature, s'écria la Supé-
» rieure ! est-il possible que cette
» même main qui porta hier deux
» coups d'épée si terribles, puisse en
» ce moment presser mes genoux avec
» tant de sensibilité ! — Relevez-vous,
» Clémentina, ajouta-t-elle avec une
» froide dignité ; toute orpheline que
» vous êtes, vous n'appartenez sans
» doute qu'à des parens de haute con-
» dition : je ne crois donc pas blesser
» les convenances en vous recevant
» dans cette retraite des premières

» maisons d'Espagne. Ici, sous les
» auspices de la religion, vous irez de
» pair avec des altesses; et malgré que
» ce sera peut-être déroger aux ri-
» gueurs de mes devoirs, je crois
» pouvoir me flatter, avec l'agrément
» du roi que je me propose de sollici-
» ter, de vous voir admise aux hon-
» neurs du noviciat, si toutefois, par
» la suite, vous vous sentez une voca-
» tion religieuse. En attendant, vivez
» toujours dans mon intimité, conti-
» nuez de jouir de votre appartement
» près de moi; et soyez bien persua-
» dée, Clémentina, que la comtesse
» de Damarsan n'aime jamais à demi.»

Cet entretien m'avait extrêmement
émue. Et moi aussi, j'avais espéré
retrouver une mère adorée! c'était
également ma plus douce chimère:
je redescendais donc, et pour tou-

jours sans doute , dans l'état d'incertitude et de douloureuse obscurité dont
j'avais cru un moment sortir avec le
plus vif éclat ! Cependant, de combien
de faveurs le Ciel ne venait-il pas de
me combler dans un instant ? J'avais
acquis une puissante protectrice , un
temple pour retraite ; je pouvais braver désormais les efforts de la méchanceté , passer au sein du calme et de
la paix , des jours à l'abri des orages
des passions !... Que d'avantages ! j'en
remerciai de nouveau la comtesse , en
la priant de me permettre de me remettre un peu dans la solitude, des
fortes émotions que tant d'événemens
pénibles venaient de me causer. La
comtesse , immobile sur son canapé ,
les yeux fixés sur tous mes mouvemens, me laissa aller sans me répondre ; et je vis bien au sentiment

profond peint sur toute sa physionomie, qu'elle se disait à elle-même,
comme Nathalia à Cadix : « *Créature*
» *inintelligible, je t'arracherai ton*
» *secret, ou j'en mourrai de dépit.* »

Après m'être un peu calmée, mon
premier soin fut de déclarer dans
une lettre expresse et très-formelle-
ment au marquis de Santa-Colomba,
que je ne pouvais jamais reconnaître
les soins généreux de son amour que
par des sentimens de gratitude ; que
ce serait l'abuser en lui laissant concevoir tout autre espoir. J'allais, malgré
que mon orgueil pût en souffrir, jusqu'à lui dévoiler les doutes de mon
extraction et la médiocrité de ma fortune ; je terminais par les expressions
de la plus vive reconnaissance ; et
pour ne lui laisser aucun prétexte de
jalousie, je ne lui dissimulais pas que
j'étais très-disposée à prendre le voile,

puisque je pouvais passer ma vie près
de sa respectable tante que j'aimais
déjà comme la plus tendre des mères.
Cette missive signée et cachetée, je la
remis à la concierge du parloir, pour
qu'elle fût exactement donnée au marquis, lors de sa première visite. Je ne
négligeai pas non plus d'écrire à ma
chère et tendre Nathalia, au généreux
docteur, au bon curé; chacun d'eux
reçut des témoignages d'attachement
selon mon cœur et selon leur situation.
Nathalia, surtout, cette aimable et
vive étourdie, me faisait saigner le
cœur d'inquiétude : éprise de moi,
me disais-je ! quel déréglement d'i-
magination ! pouvais-je l'admettre ?
Eh bien ! si une passion, criminelle *à
demi*, s'était glissée dans son sein à
l'insu de sa vertu ?... Phèdre a bien
brûlé d'un amour incestueux pour son

fils... Oui, Nathalia, mon am...itié
serait assez forte pour aller le consoler,
au risque des plus grands malheurs ;
j'opposerais à tes écarts le charme
d'une parfaite innocence ; et si je ne
pouvais être heureuse qu'en te sacri-
fiant la mienne, j'aimerais encore
mieux vivre sous le poids des remords,
que de te voir mourir d'une langou-
reuse ardeur. Telle était mon affec-
tion pour cette chère amie qui avait
entièrement remplacé dans mon cœur
dona Isabella, que l'idée de contri-
buer à son bonheur applanissait à
mes yeux les difformités du vice.

Le matelot qui s'était présenté à don
Juan Mathias, n'avait pas non plus
échappé à ma mémoire ; je ne manquai pas de recommander à mon premier bienfaiteur de ne rien négliger
pour arriver à quelqu'heureuse dé-

couverte ; car mon âme se berçait , à
cet égard , des plus douces illusions :
si je deviens jamais riche , me disais-
je , tous ceux qui m'ont obligée dans
mes malheurs , auront des preuves
fastueuses de mes largesses. Mes esprits, calmés momentanément , n'er-
raient pas long-temps dans un riant
avenir, sans que l'image du charmant
Saint-Elme ne vînt prendre le premier
rang parmi mes espérances les plus
chères. Pour charmer mes langueurs ,
je me proposai donc de peindre de nouveau cet amant adoré tel qu'il m'avait
apparu la dernière fois , c'est-à-dire
domptant avec une adresse brillante
un superbe et fougueux coursier à la
promenade du *Prado* ; peut-être lui
ferais-je parvenir cette précieuse peinture... pourquoi refuserais-je ce hochet à mon amoureuse mélancolie ?

Je ne devais pas oublier, il est vrai, que j'étais dans l'*école du silence*, aussi ne me proposais-je que de faire parler des objets *d'une éloquence muette*.

En ma nouvelle qualité de novice, je pris le jour même l'habit de casimir blanc, me ceignis le front du bandeau virginal, et cachai hermétiquement mon sein sous des voiles de batiste ; mes mains et mon visage furent les seules nudités exposées aux regards. Quel rôle dangereux avais-je pris au milieu d'un essaim de jeunes vierges ! Quelle imprudence ! et pouvais-je toujours répondre de la fidélité de mes nouveaux sermens !

Mon aimable comtesse ne tarissait pas en complimens sur ma nouvelle parure ; seulement elle trouvait que ma figure avait un air d'*élévation*, d'é-

nergie, bien peu conciliable avec la timidité ignorante et enfantine d'une Agnès de couvent. On annonça alors le marquis son neveu ; je remarquai de suite avec peine sur son visage, qu'il avait lu mes dernières et formelles déclarations ; son désespoir était visible, et ne fit qu'augmenter ; quand il me vit revêtue d'une couleur qui lui interdisait tout langage de galanterie. Voulant cependant, par reconnaissance pour ses bons offices, le prévenir sur des reproches de sa part, qui auraient pu lui paraître fondés à bien des égards, je l'assurai que les premières traverses de ma vie me donnaient une trop mauvaise opinion des plaisirs de ce monde, pour le regretter, et que je me sentais les plus fortes dispositions à la vie monastique. Tout ce qu'il me répondit de passion-

né vis-à-vis de sa tante , pour me faire
renoncer à ce dessein , ne fit aucun
effet sur mes sens ; j'avoue que Saint-
Elme m'aurait de suite persuadée , et
que mes raisons spécieuses ici , n'é-
taient qu'une défaite pour me débarrasser de l'amour du marquis de Santa-
Colomba ; non qu'il fût indigne de
retour ; assez joli homme , de l'esprit,
du courage, il pouvait prétendre à la
main de plus d'une belle , mais mon
cœur s'était donné , et dans le fanatisme de ma passion , j'avais juré de
n'avoir en amour qu'une religion ,
qu'un culte et surtout qu'un seul Dieu.
Je laissai en me retirant , après cette
profession de foi , le marquis altéré
de tristesse. Sa tante l'aimait beaucoup , et la suite me fit bien conjecturer , quand je fus partie , qu'elle lui
avait promis de plaider ses intérêts ,

autant du moins que la dignité de son rang le permettrait.

Je remarquai, en faisant l'examen minutieux de mon nouveau et délicieux domicile, que j'avais la jouissance d'un petit cabinet dans lequel je pouvais m'enfermer ; cette découverte me plut infiniment ; je n'avais que trop souvent besoin d'être seule ; je redoutais surtout, comme un horrible fléau, la croissance de ma barbe ; il me fallait presque tous les jours faire agir la vertu des cosmétiques, dont mon aimable docteur m'avait munie. Ce qui vint à m'étonner encore extrêmement, c'est que ma physionomie prenait de plus en plus un caractère oriental, et qu'on m'aurait plutôt prise pour quelque belle Persanne, née à Ispahan, que pour une simple Européenne ; il m'aurait suffi de lais-

ser croître mes moustaches, pour re-
présenter parfaitement un superbe
satrape de l'Asie.

. Ainsi, tout en moi donnait matière à
de profondes études, et des pieds à la
tête, je n'étais que contraste et rareté.
Heureusement que la nature, en me
donnant toute la jambe d'un Hercule,
m'avait accordé le pied charmant de
Psyché ; autrement, quel supplice d'a-
voir une forme si délatrice ! Ma main
était celle d'une petite duchesse, et cependant cette même main si délicate
n'était-elle pas attachée au bras d'un
gladiateur ? Dans certains momens,
rougissant comme Hercule, lorsqu'il
condescendit à filer aux pieds d'Om-
phale, je sentais bouillonner mon
sang, je brûlais de parcourir la carrière
du guerrier, et, de même qu'on reconnut Achille à Scyros, en faisant

briller à sa vue des armes et un casque
éclatant, je me serais trahie également,
si l'on m'eût présenté une épée nue. La
nature ensuite, comme lasse de cet élan,
se repliait en moi sur elle - même ,
et revêtant bientôt toutes les formes,
toutes les inclinations féminines, je
me livrais avec une douce mollesse à
toutes les délicatesses, à toute la sensibilité mignonne de ce sexe. Mes yeux
se couvraient d'une tendre langueur,
et j'unissais dans mon délire et les
transports fougueux de l'amant, et
le mol abandon d'une amante. Ainsi
mon cœur distillait deux poisons d'une
espèce bien distincte, et il ne me
suffisait pas d'être chaste comme la
Vierge du désert, il me fallait encore,
comme homme , la vertu d'un ange.
Ne méritais-je donc pas une double
couronne virginale, puisque jusqu'a-

lors, ma double personne était encore
dans toute sa pureté ?

Le temps que la Comtesse m'avait
accordé pour recueillir et méditer sur
les livres de dévotion qu'elle m'avait
remis, étant écoulé, je dus paraître,
comme les autres novices, au réfec-
toire, aux pieux exercices, ainsi
qu'aux promenades habituelles dans
le jardin du couvent. Ce moment de
présentation fut terrible pour moi ; il
semblait à mon imagination effrayée,
que ma figure offrait mille stygmates
qui devaient me déceler : ou peut
bien penser que la première fois que
je me montrai, je fus le point de mire
général. Si je frappai d'abord par mon
éclat et ma taille, j'étonnais bien
davantage dans' un froid examen. —
« Je m'y perds, disait l'une : toutes
» mes idées se confondent, disait une
» autre. Quelle beauté bizarre ! s'é-

» criaient la plupart des religieuses. »
Dans une grande réunion de femmes,
il est d'usage que chacune se choisisse
une amie de prédilection ; Antolina
devint en peu de temps ma compagne
inséparable ; confidences, doux entretiens, aimables épanchemens, tout
fut commun entre nous deux, à cette
restriction près, qu'elle me dévoilait
toute son âme, et que je levais à peine
un coin du voile de ma vie. Combien cette autre Nathalia ajouta-t-
elle de rigueur aux difficultés de ma
position ! Il me fallait à chaque instant poser de nouvelles barrières entr'elle et moi, soit au moral, soit au
physique, car on n'ignore pas les innocentes familiarités qui ont lieu
entre femmes. Jamais elle n'avait connu l'*amour*, me disait-elle souvent
dans la plénitude de son innocence,
mais elle restait bien persuadée que

ce sentiment ne pouvait pas dépasser
la force de l'attachement qu'elle me
portait. Aimable créature !... « Près
» de toi, me disait-elle encore, il me
» semble que je respire un bouquet
» de mille fleurs différentes. » Hélas !
je ne savais que trop moi - même
quelle sorte de parfums en moi pouvaient frapper agréablement ses sens !
Un instinct d'amour l'attirait vers
ma personne par un aimant, dont
sa candeur naïve ne connaissait pas
la cause, et elle ignorait que la nature n'a pas de bandeau. Lorsque,
trop sentimentale, je la voyais errer
sur des idées dangereuses, je m'em-
pressais de la ramener aux principes,
et fière de ma double sagesse, je l'as-
surais que la vertu seule, triomphant
du tumulte des passions, pouvait procurer le bonheur et l'estime de soi-
même.

Sa famillle , de grande noblesse ,
était de Cordoue , et , quoiqu'elle me
sût orpheline , sa spirituelle philosophie ne m'en traitait pas moins sur le
pied d'une entière égalité. Voilà les véritables gens d'esprit ! Quoique bonne
naturellement , elle savait mêler un
grain de malice à ses fines observations,
et peu de ridicules et de vices lui échappaient. Quelle ample moisson dans
une réunion nombreuse de femmes,
privées de tout commerce avec l'autre
sexe ! On peut bien s'imaginer que les
tentations n'en étaient que plus fortes.
L'ombre d'un chapeau , le petit doigt
d'un joli cavalier , auraient suffi pour
mettre tout le monastère en mouvement. « Vois-tu, Clémentina, me
» disait la maligne religieuse , cette
» prude qui singe la rêverie et le sen-
» timent dans cette allée couverte ? eh
» bien , elle cesserait bientôt d'être si

» pâle, si le médecin de la maison vou-
» lait comprendre ses soupirs indé-
» cens. Et cette grande pincée, hy-
» pocrite, qui crie sans cesse au scan-
» dale ; elle ne va pas sans intention au
» belvédère, on y aperçoit les pro-
» menades, et on sait qu'un manteau
» la met en extase. — Pour ce trio de
» petites folles qui chuchotent là-bas
» dans le bosquet, je rougirais de l'ap-
» prendre quels sont les plans noc-
» turnes de leur triple alliance : je ne
» vois que trop combien le grand Mon-
» tesquieu a eu raison d'écrire, que
» le plus mauvais système d'éducation,
» est celui qui met notre sexe en so-
» ciété. »

En nous égayant ainsi sur les travers
et les folies de nos compagnes, nous
remarquâmes un couple de belles tourterelles qui avaient passé sur nos têtes ;
attachées l'une à l'autre par un nœud

de rubans verts, elles ne paraissaient pas voler au hasard et sans but, mais bien dressées à parcourir un espace déjà calculé. C'est sans doute, observa Antolina, un nouveau manège du beau garde-du-corps. Explique-toi plus clairement, lui dis-je. — Sans doute, reprit-elle; depuis que Sophie est entrée ici, comme une véritable héroïne de roman, couverte d'un long voile et un petit paquet à la main, forcée par ses parens de renoncer à des liaisons que les bienséances n'approuvaient probablement pas, nous ne faisons plus qu'apercevoir, soit dans l'air, soit près des murs du jardin, mille vestiges délateurs de ces infortunées amours : hier, c'était un billet lancé dans une orange, aujourd'hui, ce sont de tendres tourterelles. —Que veux-tu, Antolina, lui répondis-je, on ne sépare que bien difficile-

ment deux cœurs qui se sont unis par
l'amour ; soyons indulgentes , car
nous-mêmes pourrons-nous répondre
que nous n'aurons jamais de tendres
faiblesses?...

L'heure de la retraite ayant sonné,
nous nous souhaitâmes le bonsoir, et
je me retirai , après avoir été baiser la
main de la comtesse. Je ne laissai pas
de réfléchir sur ces tourterelles : comme les Romains , j'aimais à tirer des
augures heureux de leur vol ; dans ce
nœud de rubans , je me plaisais encore
à lire le nom chéri de Saint-Elme, et
je ne rejetais pas trop de ma pensée
superstitieuse, l'idée qu'après avoir
épié ma retraite par les rapports de
Cadix et les lumières qu'il aurait suivies à Madrid , il ne fût parvenu à la
découvrir , sur-tout en prenant pour
guides les sources de ma dernière et
trop célèbre aventure. Ainsi , à mes

yeux prévenus , ces oiseaux , symbole
de constance et d'amour , devaient
bientôt devenir nos précieux mes-
sagers : les expressions de ma fidélité ,
de mon éternel attachement parti-
raient sur leurs ailes , et mon amant
me jurerait de nouveau qu'il m'adorait ,
en confiant ses sermens aux oiseaux du
char de Vénus.

Ce plan couleur de rose jouait délicieusement à mon imagination : les
passions fortes aiment tellement à s'é-
garer dans les régions de la féerie !....
à se rappeler tous les rêves brillans des
Mille et une Nuits, et à se repaître
d'impostures magiques !.... Je ne manquai donc pas , le lendemain , de me
rendre au jardin près l'allée couverte,
en me plaçant perpendiculairement
sous le point où j'avais vu passer le
charmant couple aérien, exercé probablement depuis quelque temps à

voler d'un colombier à l'autre : j'eus
soin encore d'éviter cette fois la com-
pagnie d'Antolina, à qui j'avais tout
confié, excepté mes amours, ... excepté mon malheur. On ne pouvait être
plus heureux que je le fus ; car à peine
avais-je fixé mes regards dans l'air, que
mes deux Mercures emplumés tra-
versèrent, à une certaine élévation,
le jardin par le milieu ; une rose, cette
fois, était attachée au nœud de rubans
qui les unissait, et elle tomba à mes
pieds, par l'effet d'un de ces hasards
que le génie de l'amour seul pourrait
définir. Je dis hasard, et je me trompe ;
car attachée très-légèrement par un
fil qui ne pouvait manquer de se dé-
nouer par l'agitation des tourterelles,
cette rose devait infailliblement tomber dans le jardin du couvent. L'aimable artisan de cette ingénieuse invention avait fait tous ces calculs. Je

ramassai vivement cette belle fleur,
enchantée de n'avoir pas été remarquée ; mais pourtant, je ne laissais
pas de m'affliger de pouvoir admettre
que n'ayant ni adresse, ni billet, le
messager appartenait à la première
venue. J'en étais à respirer mélanco-
liquement cette rose, lorsque sur une
de ses feuilles les plus larges, je découvre, je reconnais, je dévore des
caractères tracés à l'encre de la Chine,
et qu'une main chérie avait formés ;
ils étaient ainsi conçus : « *Je ne vis*
» *que pour vous, je n'aime que vous,*
» *et j'espère toujours.* »

Qui pouvait m'adresser cette précieuse déclaration, si ce n'était Saint-
Elme ? elle était un peu tardive, il est
vrai ; mais avec quelle facilité un
amant chéri ne se justifie-t-il pas ? On
court au-devant des excuses, on con-
fond les explications dans mille baisers,

et on ne veut parler que du bonheur
présent.—Sans doute Saint-Elme, dans
ses retardemens , m'avait paru coupable de quelque tiédeur, mais j'étais
certaine d'avance qu'il se justifierait
pleinement. Je n'étais donc plus pour
lui une bizarrerie pénible, il continuait
d'aimer dans l'heureuse Clémentina ,
une femme sensible , sans la rendre
passible des torts de la nature et de la
fortune...— Reposons-nous sur cette
charmante idée , avant de remonter à
une des époques les plus délicieuses
de ma vie.

CHAPITRE VI.

Correspondance allégorique entre Clémentine
et son amant. — Anonyme foudroyant. —
Songes équivoques de notre héroïne. —
— Scandale et vengeance des religieuses.
— Embarras, tendresse de la Supérieure.
— Fidélité mystérieuse et opiniâtre du
marquis de Santa-Colomba. — Saint-Elme
propose à son amante de l'enlever.

Je ne fus donc occupée toute la nuit
que des moyens de faire connaître à
Saint-Elme, par une prompte réponse, que j'étais très-sensible à ses
nouvelles marques d'attachement. A
cet effet, je montai furtivement le
lendemain soir au belvédère du cou-

vent , au moment même où la cloche
venait de sonner la retraite , et au bout
d'une branche de myrte , j'attachai
une rose très-belle et très-grosse , que
je rendis encore plus ostensible , en
la nouant avec une bande de crêpe
noir. Comme je n'avais pas lieu de
douter qu'il rôdait autour des murs
de la maison , ce signal télégraphique
et d'amoureuse détresse ne pouvait
manquer de frapper ses yeux, et de
lui susciter l'idée de me correspondre
par des moyens plus prompts et plus
faciles. Il est vrai que les coups d'adversité que je venais d'essuyer tout
récemment, me donnaient une certaine tiédeur à m'engager de nouveau
dans une intrigue dont les prémices
avaient été si malheureux ; je ne laissai pas même de me reprocher mes
nouvelles imprudences et le danger
que j'allais encore courir de perdre un

asile , sinon de parfait bonheur, du
moins de paix et de tranquille insou-
ciance. Mon esprit était sage , et mon
cœur avide de folies. .... Il fut seul
écouté. Il s'agissait donc , sans rompre
tout-à-fait mes habitudes avec la bonne
Antolina , qui me reprochait déjà , les
larmes aux yeux , ma rareté , mes manières évasives et mes caprices , de
l'éloigner assez pour pouvoir jouir du
moindre avis qui devait m'être donné
du dehors. Ce changement dans ma
conduite m'attira naturellement les
plus tendres querelles : « Je n'aimais
» plus la pauvre Antolina , je la re-
» poussais , je me refusais à ses bras
» caressans... » Hélas ! ces reproches
me déchiraient l'âme ; mais pouvais-
je sacrifier l'amant à l'amie ?... D'un
autre côté, la pénétrante Comtesse
avait remarqué dans ma figure et mes
démarches, un sentiment sourd d'in-

,quiétude, dont je la vis plus d'une fois
prête à me demander la cause. Son
neveu, le Marquis, m'obsédait de
son ennuyeuse constance.... Tous ces
motifs me rendaient encore plus piquantes mes communications clan-
-destines et *allégoriques* avec le charmant *préféré*; car en fait de tendres
faiblesses, il n'est rien tel que l'obstacle pour fomenter une passion, et
voulons-nous réveiller un amour qui
languit de facilité, mêlons-y aussitôt
l'attrait du mystère et des difficultés.
Ici les localités étaient bien faites sans
doute pour électriser une tête moins
volcanisée que la mienne : un couvent, des guimpes pudibondes, des
grilles, des verroux, un parloir, un
amant fait à peindre, des persiennes
mystérieuses, deux tourterelles, une
rose, une branche de myrte..... —
Que d'élémens pour romaniser avec

ivresse ! Ajoutez à cela un rival dangereux, soupçonneux, un public inquiétant, une Supérieure pleine d'esprit : que d'obstacles et d'appas à la fois !

Je fus deux mortels jours à souffrir du plus profond silence de la part du chevalier ; rien ne paraissait d'aucun côté, j'avais beau chercher à lire mon bonheur dans les régions de l'air, aucun signe ne répondait à mes vœux : je rentrais donc à pas lents dans mon appartement, lorsque m'approchant, sans but des rideaux de ma fenêtre, que j'avais par hasard laissée ouverte, j'aperçus, attachée à un de ces rideaux, une flèche qu'on avait lancée du dehors, et dont le fer s'était enfoncé dans l'étoffe : quel moment délicieux ! il faut être femme, et femme éprise de la plus vive passion, pour s'en faire une idée. — C'est encore du

Saint - Elme, m'écriai - je ! tout ce
qui était ingénieux et délicat ne pouvait qu'émaner de ce charmant jeune
homme. Un billet bien parfumé,
bien embaumé, était lié aux plumes
de la flèche ; avec quelle vivacité,
quelle brusquerie, je l'ouvris ! avec
quelles délices je savourais le baume
de l'haleine de mon amant, dont le papier me paraissait encore empreint !...
Cette heureuse missive était bien éloignée de ressembler à la boîte de Pan-
dore, dont tous les maux sortirent
lorsqu'on l'ouvrit. « *Amour, fidélité,*
» *désir ardent de me voir, de tomber*
» *à mes genoux, de s'unir à moi par*
» *des liens légitimes ; rendez-vous fixé*
» *à dix heures du soir, le lendemain ;*
» *proposition d'enlèvement ; échelle*
» *de soie p'acée aux murs du jardin,*
» *à l'heure déjà indiquée ; et enfin,*
» *nouvelles protestations de tendresse,*

» *couronnaient l'édifice de ce plan*
» *périlleux.* »

Que de matière à réflexion ! me
dis-je en me promenant dans ma
chambre. Si quelque catastrophe venait cependant me frapper au moment
de l'exécution d'une entreprise si au-
dacieuse?... Je me la serais bien attirée,
cette fois ; je ne pourrais en accuser
les rigueurs du destin. Que penserait
ensuite la comtesse, ma généreuse
bienfaitrice ? je serais tout à fait ruinée
dans son estime. Et puis, quelle nécessité de fuir scandaleusement quand,
n'étant encore engagée par aucuns
vœux solennels, je pouvais me faire
ouvrir les portes du couvent, au seul
prix de quelques simples formalités?...
Avais-je besoin d'éclat et de célébrité
aux dépens de ma réputation ? J'aban-
donnerais donc la vertu; et me dépouil-
lant de toute modestie, je perdrais le

seul prix qui me rendait alors si intéressante aux yeux de Dieu et des
hommes, je veux dire *ma chère innocence !...* Non, m'écriai-je avec
énergie, par une opposition de sentimens : que Saint Elme soit adoré,
et que Clémentina reste vertueuse !
plus le péril est grand pour mes sens
séduits, presque subjugués, plus le
triomphe sera beau ! C'est dans ces
nobles résolutions que je me mis au
lit : on s'imagine bien que des songes
fantastiques y vinrent m'émouvoir des
plus aimables impostures ; j'y fus victime, *victime*, oui c'est le mot, des
fantômes les plus séduisans ; et si des
ombres étaient palpables, mon innocence se serait évanouie sur l'aile des
plus voluptueux prestiges... La nature,
non contente de me livrer maints assauts, à la fois cruels et doux, me
plaçait, du moins dans un rêve en-

chanteur, au milieu d'un brillant
harem de la Géorgie ; là, vingt beautés demi-nues, belles d'elles-mêmes,
et ne voilant à moitié leurs formes
célestes que pour faire errer plus délicieusement l'imagination, me trai-
taient en puissant visir, et briguaient
à l'envi le mouchoir de mes capri-
cieuses mains. L'encens fumait de
toutes parts dans cet heureux séjour,
et tout s'y faisait gloire enfin de n'y
reconnaître d'autre déesse que celle
de la volupté. Au moment où j'avais
fixé mon choix, ce nuage de roses
qui enveloppait mes sens se dissi-
pait, et me laisait inconsolable d'une
si cruelle erreur....

Le lecteur s'apercevra plus d'une
fois que mon imagination s'est souvent plu, même éveillée, à parcourir
le théâtre pompeux de l'Asie, à me
repaître de ses usages et de ses mœurs

délicieuses; il en saura bientôt la
cause, et n'en admirera que plus
combien sont singulières les influences
d'un esprit frappé.

Je me réveillai, agitée au dernier
point; jamais incertitude ne fut plus
forte : l'honneur et Saint-Elme dans
la même balance... qui devait l'em-
porter ?... C'est au milieu de ces perplexités que la comtesse de Damarsan
me fit prier de passer chez elle : un
frisson involontaire me prit aussitôt;
un douloureux pressentiment m'annonçait que quelque nouveau chagrin
était sous le voile de mes sinistres
présages. La physionomie de madame
la Supérieure n'était pas faite pour me
faire changer d'opinion; quel froid
de glace! — Asseyez-vous ici... près de
moi,... là,... me dit la comtesse, en
s'efforçant de mêler quelque douceur
à ce ton devenu austère, et en me fai-

sant place sur le sopha où elle était assise. On vient de m'apprendre d'*étranges choses...*

Grand Dieu, pensai-je, Saint-Elme par trop d'impatience, m'aurait-il perdue !... — Sous l'anonyme, il est vrai, continua la comtesse, et c'est ce qui adoucit en quelque façon mon mortel déplaisir : tenez, lisez vous-même, Clémentina, me dit-elle avec une dignité pleine de sensibilité, et confondez l'imposture par votre franchise. Je pris le fatal billet comme une coupe empoisonnée, et parcourus en tremblant, un tissu d'horreurs dont je ne me rappelle encore qu'en frémissant de douleur et de rage. Voici comment s'exprimait un inconnu, qui s'était efforcé en vain de contrefaire son écriture :

« Madame,

» Votre imprudente bienfaisance » vous a fait accueillir *un monstre,*

» sous les traits d'une femme ; vous
» n'avez fait que recéler dans votre
» sein un serpent infernal qui , sous
» *une double physionomie*, vous
» perdra vous-même, si vous ne fuyez
» promptement le plus grand péril
» que puisse courir votre renom-
» mée. Déjà une de vos novices
» porte dans son sein le fruit des plus
» criminelles liaisons, et votre mai-
» son est complètement déshonorée ,
» si la syrène ambiguë qui vous
» a déjà indignement abusée, n'est
» chassée promptement du temple
» qu'elle a souillé de son équivoque
» présence. Pour donner plus de poids
» à ces importantes révélations, ap-
» prenez, Madame, qu'il vous sera
» facile d'en connaître la vérité , en
» consultant la faculté de médecine
» de Cadix , ainsi que celle de Madrid,
» qui vient d'être instruite ces jours-ci

» par ses correspondans , du phéno-
» mène scandaleux que la mer a vomi
» il y a dix-neuf ans sur les rives de
» la sainte Espagne. »

Infâme Marcellina ! m'écriai-je , à
travers mes sanglots , je suis sans doute
moins *monstre* que toi; mais je jure
de laver dans ton sang le nouveau
coup mortel que tu me portes , car je
ne puis douter en ce moment que tu ne
sois encore mon assassin...—Madame,
ma chère bienfaitrice , ajoutais-je ,
en cherchant à arrêter un torrent de
larmes qui s'échappaient de mes paupières brûlantes : oui , il n'est que
trop vrai que la nature m'a fait l'objet
de ses plus indécens caprices , mais
mon âme est restée pure , et jusqu'à
ce jour, j'ai remporté une victoire
d'autant plus grande, que j'ai eu sans
cesse *deux ennemis* bien dangereux
à combattre. Depuis quelques mois

que je jouis de l'honneur d'être auprès
de vous, m'avez-vous vu dévier un instant des plus rigoureux devoirs ? les
vestales de Numa offrirent-elles jamais
plus de pureté et d'innocence ! et l'on
m'accuse ici, avec une lâche absurdité
d'avoir porté le déshonneur au sein
de ce pieux asile !... Il fallait donc me
poignarder d'un coup plus sûr ; je ne
survivrais pas à la douleur de perdre
votre protection et votre estime. En pro-
nonçant ces dernières paroles je m'étais
précipitée aux genoux de la conv'esse,
que je mouillai de mes pleurs. En ce
douloureux moment, moins sensible
à mes chagrins, que fière de sa pénétration et de voir se réaliser ses premiers soupçons sur les contrastes extraordinaires de ma figure, elle paraissait comme triompher d'avoir arraché
la solution du plus étonnant problème...
— Oui, oui, chère bienfaitrice, lisant

moi-même sa pensée ; votre esprit perçant m'avait *devinée* : pour peu encore , vous alliez me dérober le secret de l'amour que dans un moment d'aveuglement , j'aurais pu ressentir pour vos attraits ; mais ce n'est pas de votre sagacité dont j'ai besoin ici ; rendez-moi toute votre sensibilité exquise , c'est à elle seule que je livre l'infortunée Clémentina...

Relevez-vous , *Mons...* Clémentina, me dit-elle , remettez vos esprits , et soyez persuadée que vous n'avez perdu aucuns de vos titres à mes premières bontés ; je sais les bornes que je dois poser , le cas que je dois faire d'un anonyme ; celui-ci est évidemment frappé au coin de la vengeance ; je rejette les basses inculpations qui ne peuvent vous atteindre ; mais *un fait* est incontestable , et je ne puis que vous blâmer , Clémentina , en gémis-

sant avec vous, de m'en avoir fait un
mystère. Vous concevez que désormais il vous est impossible, malgré
que ma tendresse en souffre infiniment, de vous garder près de moi : le
scandale est au comble ; cette malheureuse affaire ne manquera pas d'a-
voir l'éclat le plus pénible, autant pour
ma renommée que pour celle de ma
maison. Les sots, les superstitieux
amplifieront sans ménagement, et je
ne puis dire vraiment jusqu'où peut
aller une aventure si originale. Cependant avec une nation aussi scru-
puleuse, il y aurait de la barbarie de
ma part à ne pas vous garder encore
quelques jours, car si une populace ef-
frénée allait mettre vos jours en danger ?... Ah ! chère Clémentina, dit-
elle, en me pressant sur son sein, on
m'arracherait la vie avant d'attaquer
la tienne. En cet instant, nous oubliant

toutes deux, la comtesse son rang, son
sexe, et moi *les miens*, nous nous étions
livrées aux plus fortes étreintes de l'a-
mitié ; l'innocence même présidait à
nos baisers de douleur, et quoique nos
lèvres se fussent involontairement ren-
contrées, aucune chaleur coupable ne
s'était mêlée à leur vivacité ; lorsque
la comtesse paraissant reculer d'horreur devant un précipice ouvert sous
ses pas : «Ah! Clémentina, que fais-tu,
» tu me subjugues de tes prestiges....
» Retire-toi, retire-toi, criait-elle, en
» se dégageant avec terreur de mes
» bras, et va porter ailleurs le danger
» de tes séductions : « Puis revenant à
elle : « non, Clémentina n'est pas cou-
» pable, moi seule je me livre à d'in-
» jurieux soupçons..... Revenez, reve-
» nez dans mes bras, malheureuse or-
» pheline ; c'est une mère qui y reçoit sa
» fille. » Je m'y précipitai de nouveau ;

mais cette fois je sacrifiai ma tendresse
au respect et à la prudence, et je ne me
livrai qu'à demi à mes transports, c'est
à-dire sans oublier la honte de mon
infortune. Que cette scène, toute douloureuse qu'elle était, avait encore de
charmes ! Mais quel bruit affreux dans
les cellules, dans les corridors, se fait
entendre ! nous prêtons l'oreille : quelle
horrible profanation !... s'écriait-on de
toutes parts, c'est une monstruosité :
nous sommes perdues.... Le temple
souillé... la religion de la comtesse surprise... — Je ne devinai que trop vîte
la cause effrayante de ces rumeurs, et
si j'eusse voulu laisser un seul instant
agir l'indignation *virile* dont j'étais
transportée, j'eusse facilement dis-
sipé, même sans armes, cet essaim de
femmes timides et lâches ; mais subju-
guée par des pensées d'un ordre supérieur, je respectais trop la sainteté du

lieu pour m'abaisser à de pareilles ressources. Mon seul et premier mouvement fut de me précipiter au pied du
crucifix de la comtesse, en suppliant
en larmes l'Eternel de faire éclater
mon innocence. La comtesse, d'un
air assuré, avait ouvert ses portes, et
haranguant les groupes révoltés, elle fit
sentir dans un discours improvisé, l'indiscrétion et l'imprudence de ces clameurs. Elle répondit même encore de
l'honneur de la communauté, si l'on
voulait se confier entièrement à sa prudence et à son zèle; elle parvint donc à
rétablir l'ordre et le calme, et à obliger
toutes les religieuses à rentrer dans leurs
chambres; elles ne se retirèrent pas
sans m'accabler de malédictions, et
leur sainte fureur aurait été jusqu'à
m'immoler à leurs stupides scrupules,
si la présence de la comtesse ne les

avait contenues dans les bornes d'une modération forcée. Antolina seule brava l'improbation générale, et couvrit mon visage de baisers d'adieux, tandis que les imprécations les plus outrageantes tombaient sur ma tête ; enfin Antolina sortit la dernière, elle me serra la main avec force, et cette pression de main semblait me dire : « Je vois bien pourquoi, près de toi, » je respirais un bouquet *de mille fleurs* » *différentes*.... J'avais donc une idée » confuse de l'aimant qui m'attirait » vers ta singulière personne... »

La comtesse voulait faire appeler le marquis, son neveu ; mais je m'y opposai de toutes mes forces ; je ne pouvais jamais répondre à sa passion, et ne voulais pas conséquemment ajouter aux obligations que j'avais déjà contractées envers lui, à peu près

en pareille circonstance ; l'idée qui
effrayait le plus madame la Supérieure,
c'était l'arrivée des familiers de l'inquisition, des alguasils ; elle redoutait ma violence et mon courage, et
la pensée seule du sang qui pouvait
couler sous ses yeux, la jetait dans les
plus grandes alarmes. « Calmez-vous,
» ma chère bienfaitrice, lui disais-je,
» tant que ma vie ne sera pas attaquée,
» j'opposerai la plus humble docilité
» aux insultes des fanatiques.. » La
comtesse voulait encore aller implo-
rer la bonté du Roi. « C'est, réfléchis-
» sait-elle, un philosophe éclairé,
» plein d'esprit et de justice ; il ne
» verra pas le crime, là où il n'y a
» que fatalité. — Mais, répondais-je,
» chère comtesse, si vous répandez
» l'événement à la cour, jugez avec
» quelle rapidité il parcourra la ville !
» — Eh bien ! que déterminer, ob-

» servait-elle ? — Ce soir, lui dis-je ,
». Clémentina se séparera mystérieu-
» sement de sa plus respectable , de
» sa plus chère amie. Dans peu de
» jours , elle aura traversé les Pyré-
» nées; et la France, asile des lumières
» et de la philosophie , sera son ré-
» fuge. » — La comtesse approuva
mon dessein , mais sans proférer un
mot ; ses pleurs l'en empêchèrent.

Je dus manger dans mon appartement ; la femme de chambre de la
comtesse m'apprit que Sophie , que
sa taille avait trahie , était déjà plongée
dans un sombre cachot ; que tout le
couvent disait que ceux de l'inquisition m'étaient destinés : il était pourtant bien notoire que c'était le beau
garde-du-corps qui avait probablement
eu de coupables entrevues avec cette
imprudente novice ; à peine si j'avais
parlé quatre fois à cette Sophie , qui

m'était tout à fait indifférente, et pour
peu que toutes ces femmes, possé-
dées d'une injuste frénésie, eussent
en bonnes logiciennes, rapporté toutes
les circonstances des intrigues sacri-
léges de celle qu'on me donnait pour
maîtresse, elles auraient bien vu que
ce ne pouvait être que le brillant garde-
du-corps qui avait su se ménager des
entrevues nocturnes; en outre, toute la
communauté ne m'avait jamais connu
de liaisons intimes qu'avec Antolina;
il y avait donc autant d'absurdité que
d'injustice dans les inculpations dont
on me faisait cruellement l'objet.

Enfin, je tâchai de mon mieux de
surmonter l'amertume de ces nouveaux coups de ma maligne étoile, et
me mettant à faire mes malles, j'en
sortis des habits d'homme, (ceux qui
m'avaient servi à Cadix à me jouer de
la vindicative Marcellina), me pro-

posant de fuir et de vivre désormais *comme homme*, me plaisant à espérer que, sous ces nouvelles apparences, je dompterais peut-être les cruautés de ma fortune. Mes moustaches ne tarderaient pas à croître, et l'illusion serait complète : j'eus soin en même temps d'envoyer à la poste, me flattant de l'espérance de recevoir quelques bonnes nouvelles soit de Cadix, soit de Carcassona : la santé chancelante de dona Angelina, celle de ma chère Nathalia, m'inquiétaient singulièrement; ce matelot mystérieux ne cessait d'être encore l'objet de mes plus agréables conjectures ; mais malheureusement point de lettres, un silence absolu. En revenant au marquis, je me disais: si à mon arrivée ou plutôt *notre* arrivée à Bordeaux ou à Paris, j'allais encore le trouver le premier à l'auberge où je descendrai ? car cet homme est vraiment un sylphe, un génie puissant qui se trouve partout comme par enchantement ?...

———————

CHAPITRE VII.

Saint-Elme enlève sa maîtresse au moyen d'une échelle de soie. — Tendres adieux entre la comtesse de Damarsan et Clémentina; cette dernière se venge de Marcellina avant son départ pour la France. — Nouvel espoir sur le marin mystérieux. — Clémentina reste toujours pure; son amour n'admet point de bonheur sans la vertu.

Lorsque la comtesse vint furtivement dans mon appartement, j'étais déjà habillée en élégant cavalier; je me présentais si bien dans ce nouveau costume, que se signant trois fois à ma vue, elle crut que Clémentina, sans respect pour la pudeur, pour la solennité

du lieu , avait introduit près d'elle
quelqu'audacieux héros de roman ;
elle allait même se retirer toute effrayée , lorsque la retenant respec-
tueusement par la main , je la suppliai
tendrement de revenir de son erreur.
« Quelle parfaite métamorphose ! s'é-
» criait-elle : non seulement vous n'êtes
» plus Clémentina , mais même vous
» ne ressembleriez pas à son frère :
» ainsi, Protée inconcevable, vous con-
» fondez l'esprit , et plus je vous exa-
» mine , plus je vous crains. Grand
» Dieu ! s'écria à part cette aimable
» dame , si les cercles de Madrid sont
» un jour instruits de tant de singulari-
» tés , que de brocards cruels vont
» pleuvoir sur moi ! » Je la rassurai de
mon mieux, en renouvelant mes innocentes caresses ; je la tenais pressée
dans mes bras , en lui parlant avec

effusion de ma gratitude : « Un jour,
» disais-je , je reparaîtrai à vos yeux
» plus digne de vous; vous me plain-
» drez , vous m'estimerez toujours. »
Mon visage était près du sien, nos
pleurs se mêlaient encore ensemble,
et la comtesse enfin s'oubliait complètement dans la douceur de cette
dernière entrevue , lorsque sa femme
de chambre vint à nous surprendre
dans cette situation : elle jeta un cri à
ma vue, et voulut fuir. Pourquoi cet
étonnement, Angélique , lui dis-je ?
je pars ce soir, et j'ai pris ce déguisement pour plus de sûreté; qu'y a t-il
de si extraordinaire ? — Angélique
finit par approcher de moi à petits pas;
mais tout en me touchant, elle répétait sans cesse : « Nous sommes ici
» toutes ensorcelées. » Je ne fis pas un
mystère à la comtesse de l'heure du

rendez-vous fixé, de la passion de Saint-
Elme, de son héroïsme, et de l'espoir
que j'avais de m'unir un jour à lui;
mais ce ne serait, lui dis-je, qu'après
avoir recouvré les droits de mon rang et
de ma naissance. L'aimable amie approuva mes intentions, surtout lorsque
je l'assurai qu'aux frontières de France,
St-Elme me quitterait, afin de ne pas
compromettre ma réputation. Mes
malles avaient été déjà secrètement
transportées à l'auberge de San-Raphaël, par les soins de madame la Supérieure; les heures s'écoulaient avec
rapidité au sein du danger, et à la fois
des plus douces émotions. Dans nos
épanchemens mutuels, je lui promis
de lui envoyer de Bordeaux mon portrait peint de ma main; de son côté
la comtesse me pria d'accepter le sien
orné de riches pierreries; elle voulait

même me prêter, suivant sa délicate
expression, cinq cents doublons, qui
pourraient m'être nécessaires, et comme un à compte sur ma prochaine
réintégration dans mes biens; mais je la
refusai avec une douce résolution;il faut
toujours pour être bien aimé,lui dis-je,
s'assurer d'abord de l'estime d'autrui.
Fille angélique, me répondit madame
de Damarsan, je ne sais, mais une voix
intérieure me dit que nous sommes
unies par les liens du sang... —J'en
acceptai plus que jamais l'augure ; enfin il fallut bien se séparer ; l'heure du
berger (dix heures), allait sonner.
Déjà j'étais partie pour tout le couvent,
un adroit mensonge en avait fait courir le bruit sur les deux heures de
l'après-midi ; on avait d'ailleurs vu mes
malles portées par des commission-
naires. Dans cette hypothèse, le calme

était donc rétabli, et moi-même,
j'allais entrer sans doute dans une plus
heureuse carrière sous les auspices du
passionné Saint-Elme.

Après avoir reçu les dernières marques de la précieuse amitié de la comtesse, je la quittai enfin avec promesses
mutuelles de nous écrire, et me dirigeant dans le jardin, aux lueurs d'une
lumière sourde dont je m'étais munie,
ainsi que d'une paire de pistolets et de
mon épée que je tenais à tout événement sous mon manteau, je gagnai
sur la pointe du pied le côté du mur
du jardin, où je présumai que l'échelle
de soie devait être attachée. En effet,
je l'y trouvai, en entendant en même
temps de l'autre côté du mur le pas
d'une personne qui ne pouvait être
que Saint-Elme. Je franchis donc lestement la muraille, aidée autant des

échelons que des quadrilles d'une treil-
le , où je pus mettre facilement le pied,
et en deux sauts , me voilà près de
mon fidèle amant , qui me reçut , qui
me pressa dans ses bras avec les témoignages du plus flatteur enthousiasme.
Je mis cependant à sa passion *des*
bornes très-étroites , et ne voulus pas
d'un amour qui ne respectât pas son
objet. Nous nous mîmes à fuir jusqu'à
une place de voitures ; là , après être
montés dans une d'elles , nous nous
fîmes conduire à l'hôtel que j'ai déjà
nommé , nous réservant les explications , lorsque nous serions dans un
lieu tranquille.

J'appris en peu de mots à St-Elme
les nouvelles humiliations que j'avais
souffertes au couvent de *Las-Salesas,*
c'est-à-dire , les calomnies absurdes
dont on m'avait accablée, l'immoralité

de Sophie, l'esprit éclairé, l'amitié
précieuse de la comtesse , et surtout
l'affreux anonyme dont je soupçonnais la source, et qui avait manqué me
causer les mêmes catastrophes que
dans la rue de Tolédo, où j'avais été
victime, lui racontais-je encore dans
les plus grands détails , de la perfidie
d'une mégère.

, Saint-Elme déplora avec la plus
délicate sensibilité , tant de malheurs
successifs, et m'engagea à quitter
promptement une terre si fertile pour
moi en infortunes. Il m'offrit de nouveau sa main avec les sermens les plus
solennels, m'informant d'ailleurs qu'il
pouvait désormais rentrer dans sa patrie , puisque l'affaire de son duel était
tout à fait arrangée , suivant les dernières nouvelles qu'il en avait reçues.

Il me jura dans les termes les plus

flatteurs, que *telle* que j'étais, je pouvais seule faire son bonheur ; qu'à
Cadix il n'avait pas changé un instant
de sentimens, et que si j'avais souffert
si long-temps de son silence, je ne
devais l'attribuer qu'à la promptitude
de mon départ, à la première retraite
ignoréeque j'avais d'abord choisie dans
Madrid, ensuite aux mystérieux en-
tourages de la seconde demeure, qu'il
n'avait enfin découverte qu'après les
plus grandes difficultés. Il ne me cacha
pas qu'il avait chassé le nouveau laquais venu de Carcassona, et qui avait
été la cause de tous nos chagrins. Ainsi
de toutes parts une aurore de bonheur
commençait à luire pour l'heureuse
Clémentina ; Saint-Elme eut une
preuve que je ne l'avais jamais oublié,
dans *la miniature historique*, qui ne
quittait pas mon sein, et dont il admira

lé plan ingénieux.·Ayant acheté dans
l'hôtel même une chaise de poste, il
ne nous restait plus qu'à partir ; mais
Saint-Elme me jura qu'il ne quitterait
pas les Espagnes sans me venger de ma
Nina Vernon. Toute entière à mes
fortunées amours, je cherchai, mais
vainement, à lui ôter de l'esprit ce projet malin ; Français, vif et bouillant,
Saint-Elme n'était pas homme à laisser tant de noirceurs impunies, et
voulut que, pour assurer ce délicieux
moment de justes représailles, nous
retardions notre départ pour la France.

Il s'agissait donc de découvrir dans
Madrid la demeure de Marcellina;
Saint-Elme se fit fort d'y parvenir :
c'est dans ces nouvelles dispositions
de projets que nous allâmes nous
mettre au lit... — Le lecteur se trom-
perait beaucoup en admettant que

cette manière collective de parler
supposerait de ma part, un entier
abandon de la vertu ; nous allâmes effectivement nous reposer, mais en
nous séparant, et en prenant chacun une
chambre assez éloignée l'une de l'autre.
L'amour de Saint-Elme en murmura
peut-être : n'enlever sa maîtresse que
pour la déposer chastement dans une
sorte de sanctuaire, dont l'entrée lui
était interdite, n'était probablement
pas le but que se proposait sa violente
passion : moi-même, je l'avoue tout
bas, il m'eût été plus doux qu'un
heureux hymen me permît d'accorder
davantage à mes secrets désirs ; mais
j'adorais trop mon amant pour tomber dans les fautes bannales d'une
intrigue vulgaire, et j'attachais trop
de prix encore à ma possession pour
ne la pas faire acheter par les plus

grands sacrifices. Si je voulais un amant,
je voulais encore plus un époux; et
la fierté de mes sentimens, ainsi que
le haut rang auquel je me voyais appelée dans l'avenir, mettaient sans
cesse un frein aux faiblesses de mon
cœur. C'est ainsi que, la plupart du
temps, l'amour-propre tient lieu de
vertu aux femmes, et que l'orgueil
les garantit des séductions des sens.

Le lendemain matin, de très-bonne
heure, Saint-Elme fit demander à la
porte de mon appartement, si *son
cher cousin* était visible. — Je m'ha-
billai à la hâte, et nous déjeûnâmes
gaîment. Quelles heures délicieuses!
avec quelle rapidité elles passaient!
Les yeux fixés l'un sur l'autre, nous
nous abreuvions à longs traits de la
volupté de nous aimer, dé nous le
le dire sans contrainte, sans obstacles,

et surtout, de mon côté, sans remords;
car, fidèle à mes résolutions, si ma
bouche brûlait en secret de respirer
de près la suavité de la sienne, de
confondre mes soupirs avec les siens,
j'avais la force de m'arracher à ses caresses, aussitôt qu'elles me paraissaient
perdre le caractère de la retenue et
du respect.

Saint-Elme me laissa seule quelques heures, que j'employai à écrire
à don Juan Mathias, en le priant particulièrement de me donner la demeure de ces personnes de distinction,
à Bordeaux, qui avaient dépêché vers
lui le matelot dont il a été déjà question. Je l'informai succinctement de
toutes mes nouvelles aventures, et l'a-
vertissais qu'il pouvait me répondre à
Bordeaux, sous le nom de *Monsieur
Dérouville.*

Chacun a sa marotte ; la mienne
était que ce marin tenait la clef de
mon sort, et que je devais, à chaque
scène de ma vie, m'approcher insensiblement du dénouement qui pouvait
seul me dédommager de tant de tribulations. St-Elme revint tout joyeux ;
il avait trouvé notre harpie dans la
calle de la Montera : en évidence dans
un *mirador* ouvert de toutes parts,
elle tendait ses filets sur les galans,
toujours avec la même âpreté et le
même ridicule, mais vainement ;
car qui aurait voulu de ses appas su-
rannés, de sa maigreur qui la faisait
ressembler à l'*Envie ?*

D'informations en informations,
dont l'adroit Saint-Elme avait fait
remonter la source à mon second logement *calle de Toledo*, il était
arrivé au domicile qu'occupait en

dernier lieu la perfide Marcellina.

Passer et repasser sous ses fenêtres,
lui envoyer d'un café voisin une déclaration d'amour, *avec promesses
solennelles de mariage*, n'avait été,
pour le spirituel Saint-Elme, que le
jeu de quelques instans. Aussi joli
homme qu'il l'était, ses soins près
d'une femme étaient rarement perdus; à plus forte raison vis-à-vis d'une
folle possédée de la fureur de se marier. Cependant sa première déclaration était restée sans réponse, et ce
n'était pas là son affaire; second billet
plus pressant, plus passionné, dans
lequel il ose demander un rendez-vous
à neuf heures du soir, « pour faire
» connaître, y disait-il, ses intentions
» pures et légitimes, et assurer de vive
» voix tous les moyens de posséder
» *aux autels une femme charmante*,

» dont dépendait désormais le destin
» de sa vie. » Une passion aussi promptement conçue, aussi brusquement
déclarée, n'eût été qu'un piége grossier pour un esprit moins prévenu ,
moins insensé que celui de cette ridicule *Nina andalouse ;* mais que
ne pouvait-on pas faire croire à un petit
génie aussi frappé que le sien de sa
comique. chimère ?... — Marcellina
répondit donc au crayon quelques lignes d'un pudique consentement ;
elle demandait dans son billet, d'un
ton enfantin, de la discrétion, de. la
fidélité et de l'honneur, et terminait
par réfléchir, (sans doute en soupi-
rant d'une si touchante faiblesse),
« qu'une *jeune personne,* comme elle,
» faisait peut-être mal de se livrer avec
» trop de sécurité aux sermens d'un
» aimable inconnu; car les hommes

» du jour, ajoutait-elle, étaient si trom-
» peurs! Mais, à cet égard, elle se
» reposait sur l'*innocence* même de
» ses sentimens, et la loyauté du ca-
» valier qui s'offrait pour époux. »

Quel succès, m'écriai-je! tout
marche à merveille jusqu'à présent;
mais ensuite, Saint-Elme, que vous
proposez-vous de faire de cette *vi-
rago?* — L'amener ici même, dans
votre appartement, me répondit-il,
et la mettre à votre discrétion. — A
ravir! lui dis-je à mon tour : à neuf
heures donc, Marcellina apprendra à
ses dépens ce qu'il en coûte d'écrire
de calomnieux anonymes.

Saint-Elme m'instruisit encore des
bruits sourds qui commençaient à
courir sur mon compte, sur celui de
cette Sophie dont l'amant, garde-du-
corps, avait disparu du palais du roi,

en enlevant du couvent sa maîtresse.
et surtout des gorges chaudes qu'on
faisait au sujet de la comtesse de Damarsan. Combien cette dernière circonstance m'affligea! J'en eusse été
inconsolable, et je serais volontiers
restée à Madrid pour défendre ou venger la vertu même injustement attaquée, mais ne sait-on pas combien
l'amour est égoïste! il ne connaît que
ses jouissances, et les tableaux les
plus rembrunis prennent une teinte
riante, lorsque cette passion y
jette ses prestiges. L'univers entier
était désormais pour moi dans Saint-
Elme, et tout ce qui n'était pas lui,
n'était à mes yeux que d'un intérêt
très-secondaire. Nous conclûmes de
cet entretien, qu'il était instant de
partir aussitôt après la mystification
projetée, le soir, sur la méchante

Marcellina. Nous commandâmes donc des chevaux de poste pour l'heure même du rendez-vous de l'*heureux* Saint-Elme. Nos passeports étaient en règle, c'est-à-dire que mon amant avait le sien sous ce dernier nom, et qu'il m'en avait déjà remis un la veille sous celui de *Dérouville,* qu'il avait déjà pris il y avait quelques années, à Paris, lors de sa fuite, après son malheureux duel. L'âge et le signalement cadraient assez avec mon air et ma jeunesse, et il n'était pas douteux que nous arriverions sans crainte au pont d'Irun, point si célèbre dans l'histoire de Louis XIV, et qui sépare les deux royaumes par une démarcation que la nature a tracée au milieu des majestueuses Pyrénées.

L'heure à laquelle Marcellina devait tomber dans le piége, étant venue, je

me cachai soigneusement dans un cabinet près de l'alcôve de l'appartement,
où St-Elme devait, à force de tendres
prières, l'entraîner. En effet, j'y étais à
peine blottie, que le couple mystérieux
se fit entendre : tout mon sang se soule-
va à la vue de cette cruelle ennemie ;
Saint-Elme plaça les bougies sur une
table roulante, lui offrit quelques bagatelles d'une galante collation qui
avait été préparée d'avance ; et passionné, mais respectueux, (je ne craignais pas d'oubli à cet égard) il recom-
mença à parler de sa famille, de sa fortune, de sa noblesse, de son bonheur
futur, et surtout *de ses projets de mariage*, à en donner la question. Marcellina était dans l'ivresse ; mais se rendant
en secret justice, elle semblait dire
tout bas : vraiment, tout ceci n'est
qu'un songe. — C'en était un effecti-

vement jusqu'alors, dont le réveil serait bien pénible. — Le moment de mon entrée devait être celui où Saint-Elme, parlant de sa chaste flamme, prosterné à deux genoux devant cette touchante Paméla, lui demanderait le don de son cœur et de sa main. Ainsi donc, lorsqu'au travers des carreaux du cabinet dans lequel je me tenais cachée, je vis que mon tour était d'entrer en scène, un pistolet à la main, l'épée de l'autre, je me précipitai dans l'appartement d'une marche fanfaronne et furieuse, et telle à peu près que le plus illustre des chevaliers errans de la Manche attaqua des moulins à vent. Marcellina épouvantée, se croyant prise dans un coupe-gorge, allait jeter les hauts cris, mais je m'empressai de lui déclarer avec Saint-Elme, qui de son côté changea

aussitôt de rôle , qu'elle était morte
si elle faisait le moindre éclat. Un spec-
tre l'eût moins terrorifiée que ma pré-
ence ; car , par instinct , par analogie
t par souvenir de ses mauvais procé-
dés à mon égard , elle m'avait promptement reconnue , malgré mon nouveau travestissement, avec cette grande
différence toutefois qu'elle voyait alors
en moi une redoutable ennemie, à qui
sa perfidie avait joué des tours sanglans.
« Ainsi l'apostrophai-je d'un ton accu-
» sateur : Vous avez eu la méchanceté,
» suivant toute apparence , de quitter
» Cadix, et armée de mes propres mal-
» heurs, de m'épier , de me suivre ici,
» d'aller jusqu'à vous installer dans la
» maison retirée, où j'avais pris avec
» mon tuteur un appartement garni
» *calle de Toledo*..... — Non con-
» tente de cette tenacité de malignité

» dans cette même maison , où mon
» seul courage me sauva de vos lâches
» dénonciations, vous m'avez atteinte
» encore dans l'asile pieux où je me
» flattai un moment d'avoir recouvré
» la paix et le bonheur. Et pour quels
» torts, ridicule et cruelle Marcellina,
» avez - vous déployé un si grand
» appareil de noirceur et de perfidie ?
» Quel mal vous ai-je fait , si ce n'est
» de m'être amusée un peu de vos sot-
» tes prétentions dont Cadix a ri tant
» de fois, et dont Madrid va rire bientôt
» beaucoup plus encore....? Vous avez
» attenté à mon honneur , à ma vie ,
» pour une simple espiéglerie... Aussi
» barbare que vous , je pourrais main-
» tenant que votre stupide vanité a
» donné dans le piége , et que vous
» êtes entièrement en notre pouvoir ;
» je pourrais, dis-je, tirer la ven-
» geance la plus éclatante , et me con-

» duire en Espagnole ; je devrais vous
» stygmatiser.... vous faire fustiger
» par les valets ; mais ces moyens
» me font rougir, et je ne veux pas
» oublier un instant, malgré tous vos
» torts, que je suis Française. »

Marcellina toute en larmes, me jura
que le hasard seul l'avait amenée dans
le logement où elle m'avait rencon-
trée ; que des intérêts de famille seuls
l'avaient conduite à Madrid, et que
la fatalité avait disposé du reste. Elle
chercha à nier qu'elle fût l'auteur du
dernier anonyme, mais si maladroitement, et en se contredisant tant
de fois, que je restai convaincue
plus que jamais que j'étais bien
sa victime à cet égard. « Au surplus,
» ajouta Marcellina, toujours trem-
» blante, le sentiment qui a pu égarer
» mon esprit et ma main, puisait sa

» source dans la passion que j'avais
» conçue pour vous, lorsque vous
» vous présentâtes à Cadix sous mes
» fenêtres, comme un des plus sédui-
» sans cavaliers de l'Andalousie, dit-
» elle tout bas en minaudant et en es-
» suyant ses larmes ; voudriez-vous
» me punir de vos premières agres-
» sions, et ajouter inhumainement à
» la douleur de m'être vue jouée dans
» mon inclination? » — Je vous aurais
pardonné, lui répondis-je, une aimable malice; j'avoue même que je l'avais
méritée, en suivant le conseil de don
Anzelmo qui avait voulu absolument
que je me moquasse de vous; mais,
dépassant toutes les bornes, vous avez
comblé la mesure ; je ne vous imite-
rai pas, Marcellina, il me suffira que
vous vous rétractiez ici par écrit de
toutes vos calomnies; alors je serai
satisfaite; St-Elme lui présenta donc

du papier et de l'encre, et dans les
termes les plus clairs elle rendit homm-
mage à ma vertu, à mon honneur et
à ma religion : je ne sais si ce fut par
malice, mais elle alla, dans son humiliation, jusqu'à me demander si je
voulais qu'elle démentît ma réputation d'herma...... — Je n'exige pas un
mensonge, Marcellina, je ne rougis
pas d'être ce qu'il a plu à Dieu de me
faire, d'autant plus que je me trouve
bien supérieure à vous, puisque jusqu'à présent j'ai déployé les vertus des
deux sexes, je le dis avec orgueil ; tandis que vous, Marcellina, toujours
sotte, petite et vicieuse dans toute
votre conduite, vous n'avez aucune
qualité du vôtre. — Vous êtes libre
maintenant que vous avez signé votre
rétractation ; mais ressouvenez-vous
bien, reprit Saint-Elme avec iro-

4.

aie : « que si la générosité du destin

» vous donnait un jour un époux,

« vous ne devez faire agir sur lui, pour

» le conserver fidèle, que la supériorité

» de vos charmes et les avantages de

» votre *expérience*, mais jamais, ja-

» mais, la ruse et la subtilité avec la-

« quelle vous avez cru faire de moi un

» véritable niais de mari. »

C'est bien saturée des outrages de cette
leçon, que Marcellina, après avoir
pris son voile, ses gants et son éventail, partit vivement, en maudissant
sans doute sa confiante vanité, et en
lançant sur Saint-Elme un coup-d'œil
terrible. Nous eûmes cependant la politesse de l'éclairer dans l'escalier, en
lui souhaitant des conquêtes moins
chanceuses. La pauvre Marcellina!. elle
put encore entendre nos éclats de rire,
lorsque nous rentrâmes dans l'appar-

tement. Mon cher Saint-Elme envoya
de suite la rétractation de notre Nina
aux journalistes de Madrid et de Cadix ; j'attachais d'autant plus de prix à
sa publicité, que l'honneur de la comtesse de Damarsan pouvait être un
jour compromis par des calomnies;
ces écritures terminées, rien ne mettant obstacle à notre départ, nous
montâmes dans notre chaise de poste,
après avoir réglé généreusement nos
comptes de l'hôtel.

CHAPITRE VIII.

Saint-Elme et Clémentina partent pour Bordeaux. — Amour et extrême réserve. — Santa-Colomba les y précède, toujours avec un manège mystérieux. — Vive surprise. — Projet de mariage rompu d'une manière dramatique. — Leur union serait un inceste.

J E ne crois pas avoir passé jamais de momens plus délicieux, que ceux que mon bon génie voulut bien m'accorder avec Saint-Elme. Galant sans affécterie, bel-esprit sans prétentions, amant sans emphase, instruit sans lourdeur, et passionné sans tyrannie ; mon amour, mon esprit, étaient com-

plètement satisfaits, ainsi que ma
vertu parfaitement à son aise. Saint-
Elme connaissait mes principes, et
eût perdu mon attachement , en per-
lant mon estime ; aussi, toute sa passion était dans ses regards éloquens ,
et jamais ses mains discrètes ne profa-
nèrent le chaste autel où son cœur sa-
crifiait. Nous aimer, nous le dire sans
cesse, savourer la possibilité d'une
union prochaine ; puis, voulant varier
le charme de nos entretiens, voltigeant
par de brusques transitions, de sujet
en sujet, nous raisonnions littérature,
philosophie et romans. *Mon cher cou-*
sin en parlait en homme de goût, me
racontait certaines particularités ga-
lantes de sa vie ; je l'amusais à mon
tour des méprises comiques auxquelles
mon équivoque physionomie avait
donné lieu, et nous semions ainsi sur

le chemin les roses du plaisir et les grelots de la folie.

Chaque jour Saint-Elme me donnait de nouvelles preuves de sa sagacité et de sa finesse : rien n'est flatteur pour une amante, comme de trouver un homme d'esprit dans son amant ; de se convaincre à chaque instant qu'il gagne à être connu par les qualités du cœur ; et par la raison inverse, rien n'est pénible pour une femme, comme de découvrir un sot dans celui qu'elle a aveuglement aimé. Le charme s'évanouit bientôt, quand les sens sont satisfaits, et un divorce moral s'est tacitement opéré entre deux êtres qui n'unissent plus que des corps. Ce n'était pas là sans doute ma situation avec Saint-Elme ; il était pour moi ce qu'Oswald était pour Corinne ; et je sentais de plus en plus qu'il s'iden-

tifiait avec mon âme par des liens in-
dissolubles.

Une observation fort juste qu'il me
fit un jour, c'est qu'il lui paraissait
singulier, que pouvant sortir libre-
ment du couvent, puisque toute la
communauté souffrait de ma présence
et voulait se débarrasser du *monstre*...
charmant, ajouta-t-il, j'avais attendu
jusqu'à dix heures du soir pour
m'évader ?... — Votre bonne logique
est en défaut ici, cher cousin, lui
dis-je; avais-je votre demeure ? Où
vous aurais-je trouvé ? — De votre
côté, vous agissiez dans l'idée où vous
étiez que j'étais rigoureusement sur-
veillée ; moi, dans celle que vous ne
pouviez manquer au rendez-vous, et
surtout avec la certitude que je trou-
verais aussitôt un protecteur dans
mon amant : sous un autre rapport,

pouvais-je m'exposer aux injures......
que dis-je, peut-être aux mauvais
traitemens, aux vociférations d'une
foule de sottes, qui m'auraient indubitablement forcée de les châtier de
leurs injustes agressions?... De jour
le scandale eût été au comble; je fis
donc bien de me servir des ombres de
la nuit, qui sont toujours favorables
aux amours; et l'événement n'a que
trop bien prouvé la prudence de ma
conduite.

Le temps s'écoulait avec une rapidité étonnante en conversant ainsi :
nous faisions d'ailleurs séjour dans les
villes qui paraissaient pouvoir nous offrir quelqu'agrément, telles que Valla-
dolid, Burgos et Vittoria. En partant de
cette dernière ville, il nous fallut gravir
à pied une montagne escarpée au travers des rochers : je précédai en ce

moment Saint - Elme qui se plaisait
admirer le magnifique théâtre qui
e développait à l'horison. Quel fut
mon étonnement, lorsque sur un des
angles d'un rocher, je lus bien distinc-
tement ces vers !

Seul avec Clémentine en ces sauvages lieux,
Elle serait pour moi l'univers et mes dieux. »

Je ne pouvais pas manquer de
soupçonner le marquis de Santa-Colomba dans ce nouveau trait de constance : et je tressaillis à la fois de la
crainte que Saint-Elme, d'un naturel
doux et bouillant, ne fît avec moi
cette singulière découverte : heureusement qu'il ne s'aperçut de rien.
Nouvelle extravagance, me disais-je,
de la part du marquis : cet homme est
donc né pour me poursuivre, et même
pour me devancer dans toutes mes
démarches, pour répandre du louche

sur tous les événemens de ma vie !...
Plein d'un beau feu romanesque, il se
prend subitement à Séville de belle
passion ; je l'évite , je pars incognito ,
et le voilà à Madrid avant moi ! — Un
concours de circonstances fait que je
lui ai par la suite de grandes obligations , je lui déclare que mon cœur en-
gagé ne peut les reconnaître que par
des sentimens de gratitude : rien ne le
décourage , et dans ses nouveaux accès de démence et d'amour , il court
maintenant comme un génie précur-
seur , disposer lui-même les apprêts
de mes nouvelles destinées , et se mo-
quant pour ainsi dire de mes projets et
de mes sentimens , il semble qu'il va
enchaîner le sort à ses propres volontés,..... Il n'ignore pas cependant *ce
que* je suis sous une acception défa-
vorable et sous des rapports désavan-

tageux; il ignore, je pense, tout ce
que je puis devenir : peu importe,
rien ne le rebute; une fée bienfaisante lui a peut-être appris le secret
de mon sort auquel il doit s'associer?..
— Je n'étais pas assez superstitieuse
pour croire à ces puissances aériennes,
qui, disent certains crédules, filent la
trame de notre vie; mais je ne pouvais
m'empêcher d'admirer avec quelle
adresse piquante cet homme exalté se
reproduisait sous mes pas. L'amour
entre dans le cœur d'une femme par
tant d'accès, qu'en vérité si je n'eusse
aimé Saint-Elme, la fidélité ingénieuse
du marquis m'aurait sensiblement
touchée.

Je m'empressai cependant de ne
laisser paraître aucun nuage sur mon
front; j'affectai même aux yeux de
Saint-Elme un surcroît de satisfaction

...t de sécurité. Notre voyage jusqu'à Bordeaux n'eut rien d'extraordinaire ; la seule variété dont je jouis, fut dans les grâces de l'esprit de Saint-Elme, dans les marques toujours nouvelles de sa passion délicate. Nous n'avions pas mis le pied sur le pont d'Irun, sans nous écrier à la fois dans un délicieux enthousiasme :

« A tous les cœurs bien nés, que la patrie est chère !
Avec ravissement je revois ce séjour. »

L'air me parut dès ce moment plus pur, plus suave ; un instinct secret me disait tout bas que ce serait sur ce sol chéri que je retrouverais le bonheur ; les élémens mêmes paraissaient m'en parler, et je me reprochais d'avoir tant tardé à entrer sur une terre qui, selon mes idées, devait cicatriser toutes mes blessures. Saint-Elme d'ailleurs ne doutait pas que Bordeaux

ne fût pour moi le théâtre du plus
brillant dénouement ; il me l'assurait
quelquefois lui-même avec une sorte
de conviction prophétique vraiment
risible. — Le matelot mystérieux
n'était-il pas parti de là? Point de
doute. — Si je me plaisais à en accepter l'augure, d'un autre côté, il me
semblait que je n'étais pas appelée à
tant de félicité. Croirait-on que l'habitude du malheur a son genre de
plaisir et d'attrait, et que le passage de
l'adversité au comble du bonheur
peut être fort douloureux? Pour moi,
je sentais d'avance que les faveurs de
la fortune devaient me faire autant de
mal que ses plus grandes rigueurs.

Arrivés à Bordeaux, nous descendîmes à l'hôtel de France. Les domestiques furent assez étonnés de nous
voir demander deux appartemens sé-

parés. A peine entrais-je dans le mien,
que ma vue fut agréablement frappée
d'un magnifique bouquet de fleurs
qui , dans une corbeille élégante, décorait très-gracieusement une console ; mais, par une bien grande singularité, plus on approchait de ce
bouquet, plus il diminuait aux yeux;
puis il disparaissait entièrement pour
faire place à une hideuse tête de
mort. Quelle triste allégorie ! pensais-je : ainsi à toutes les fleurs de
la vie succède le trépas. Quel résultat ! Je ne laissai pas de revenir au
point où je voyais un bouquet de
fleurs, cherchant à pénétrer la cause
de ces prestiges d'optique ; toujours
même illusion. Un domestique entra
au moment où j'admirais cet ingénieux
artifice, mais il en fut émerveillé
bien plus que moi, en mettant le

pied dans la chambre. « Ce n'est
» donc pas, lui dis-je, une curiosité
» appartenant à la maison ? — Non,
» *Monsieur*; jamais nous n'avons eu
» pareille chose ici; c'est la première
» fois, et je ne sais par quelle diable-
» rie ç'a s'y est placé de soi-même. »
— Mon étonnement redoubla à cette
nouvelle; je ne pouvais que trop voir
dans tout ceci, quelque nouveau mystère galant et allégorique, qui cachait un sens inquiétant : je recom-
mandai donc au garçon de n'en pas
parler à Saint-Elme dont la jalousie
s'allumerait aussitôt à cette singulière découverte. J'allais le trouver
pour l'inviter à venir voir mon logement, lorsqu'il accourait lui-même,
tout étonné, pour me faire part d'un
phénomène qui l'avait frappé chez lui.
La glace du fond de son alcôve était

en partie sans tain; et au moment
qu'on en approchait, les draperies se
relevaient d'elles-mêmes pour laisser
voir dans une disposition bien mé-
nagée, le tableau des amours inces-
tueuses de Phèdre, à l'instant où cette
malheureuse princesse déclare son
amour à son beau-fils....

Que veut dire, pensais-je, confondue d'étonnement, cette image *d'inceste* d'un côté, cette allégorie de
sinistre présage d'un autre? les gen
de la maison ignorent eux-mêmes....
nous sommes donc ici tous deux l'ob
jet du manége de quelque mystérieu
personnage? Je ne dissimulais plu
alors à Saint-Elme ce qui m'avai
frappée également, en entrant dans ma
chambre. C'est inutilement que nou
nous informâmes des personnes qui
avaient habité nos chambres avant

nous; la quantité de voyageurs qui s'y étaient succédés ne permettait pas dedonner des renseignemens certains: le dernier qui y avait demeuré, était un négociant italien qui était parti en poste pour Paris, le jour même.

Nous étions donc connus, suivis, épiés dans toutes nos actions! Si c'est le marquis, me disais-je encore, comment a-t-il pu gagner assez de temps sur nous pour pouvoir arranger tout cet appareil? —Que veut il dire encore avec *ses fleurs et la mort*, *l'amour et l'inceste?*... —Je finissais toujours par me perdre dans ces conjectures inquiétantes, et nous nous vîmes forcés, moi et Saint-Elme, ne pouvant rien obtenir de notre propre pénétration, d'attendre la vérité du temps seul.

Il est des circonstances où l'on se

convainct plus que jamais de l'insuffisance des forces humaines ; c'est alors
à Dieu que l'on doit avoir recours.
Cette heureuse pensée me vint le lendemain de notre arrivée à Bordeaux ;
d'abord j'étais indécise si je pouvais
aller à l'église, habillée en homme :
n'était-ce pas pour le moins une in-
convenance? Il est vrai que le plus
subtil casuiste aurait peut-être tranché
difficilement la question; toutefois,
mon cœur et mes sens ayant toujours
fait pencher la balance du côté des
inclinations féminines, je me déter-
minai à aller assister au service divin,
sous mes habits de femme : je me
plaisais à penser que, sous cette dernière forme, image de la faiblesse et
de la timidité, je serais plus intéressante aux yeux de la Divinité. Saint-
Elme ne fut pas instruit de mon des-

sein ; je m'esquivai donc lestement de
ma chambre , et me rendis à l'église
Saint - Paul. Mon voile , mon costume firent présumer en moi une Espagnole ; comme il y avait beaucoup
de personnes de cette nation dans cette
ville , je pouvais facilement passer
sans fixer l'attention. J'éprouvai un
soulagement délicieux en sortant de
l'église ; j'avais en quelque sorte remis
mes destinées entre les mains de l'Etre-
Suprème, et l'avais prié de ne m'exposer qu'à des épreuves qui ne dépas-
sassent pas les bornes de la débile vertu
humaine. Tout me souriait donc dans
mes nouveaux sentimens religieux ;
Saint-Elme avait trop d'esprit pour
n'avoir point de piété; il approuva ma
conduite, en observant obligeamment
qu'une femme qui a des principes
de religion , ne peut manquer d'être

une bonne mère et une chaste épouse.
Une seule chose m'avait offusquée à
l'église Saint-Paul ; j'avais remarqué
derrière un pilier, un homme dont
toutes les allures annonçaient que
j'étais l'objet de ses regards : cette
circonstance, ajoutée à toutes celles
dont le souvenir me roulait dans l'esprit, m'affectait fortement, comme
on le serait d'un danger invisible. C'est
bien là, me disais-je, quoique dans
un autre sens, l'épée de Damoclès, ou
plutôt vingt épées suspendues sur ma
tête par un cheveu fragile : quelle est
la parque qui va le couper ce cheveu ?.
Comment et quand ?... Saint-Elme,
plus aguerri aux événemens, finissait
par me railler de ma pusillanimité ; il
était d'autant plus content, que maître absolu d'une grande fortune, son
homme d'affaires de Paris venait de

lui annonce que sa belle-mère était
morte : « Ainsi, me dit-il un matin,
» dans l'excès de sa joie, rien désor-
» mais ne peut plus s'opposer à mon
» bonheur, belle Clémentina ; je pos-
» séderai ce que la nature a formé de
» plus beau, de plus parfait. Loin de
» voir en vous de l'*irrégularité*, mon
» imagination enflammée n'en conçoit
» que plus de délices ; et vous êtes
» enfin à mes yeux un chef-d'œuvre
» digne d'une couronne... »

Selon lui encore, je ne devais pas
attendre davantage les nouvelles tar-
dives du bon curé, don Juan Mathias ;
cette correspondance entre des points
aussi éloignés, serait sans fin ; soit,
pour les renseignemens que l'on pourrait chercher dans Bordeaux, Saint-
Elme consentait à faire encore quelques démarches. quoique celles qu'il

avait déjà entamées n'avaient produit
aucun résultat satisfaisant; mais pour
attendre, ajoutait avec impatience cet
amant empressé, que nous arrachions
du hasard ou de recherches tout à fait
idéales, le mot de l'énigme de ma
naissance et de ma fortune, l'entreprise ne serait-elle pas chimérique?
D'ailleurs Saint-Elme ne cessait de
me répéter dans sa généreuse galanterie, que ses richesses étant considérables, peu devait conséquemment
lui importer une augmentation super-
flue; et pour ma naissance, il n'était
pas douteux, par mes principes, par
mes nobles sentimens, que j'apparte-
nais à une des familles les plus distinguées; les objets que m'avait laissés
mon naufrage sur le rivage de Carcassona, n'en étaient-ils pas encore
des indices certains? — Une fois ma-

riés, continuait Saint-Elme avec un entraînement flatteur, nous nous rendrions à Paris; et là, munis des bijoux que la malignité de mon état avait épargnés, il s'empresserait de consulter les gens les plus versés dans la connaissance du blason. les personnes les plus instruites dans les affaires des premières maisons de France, et nous parviendrions insensiblement aux lumières que nous chercherions en vain à Bordeaux.

Que ce discours, tout spécieux, tout sophistique qu'il était à mon esprit, plaisait à mon cœur! ne court-on pas toujours au-devant de ce qui flatte l'espoir de nos plus chers désirs! Je n'avais rien à opposer aux raisons convaincantes de Saint-Elme; il m'assurait avec tant de sincérité que, née même du sang des rois, je n'aurais ja-

mais un plus haut prix à ses yeux, que
c'eût été opposer de l'insensibilité, de
la froideur, de combattre davantage
ses tendres assertions. Je me rendis
donc malgré, comme je ne le dissimulerai pas au lecteur, qu'un pressentiment sourd et sinistre m'avertît
intérieurement qu'un nouveau malheur, plus terrible que les autres,
naîtrait de toutes ces obscurités. Voilà
le cœur humain : il n'est que trop
souvent prophète en fait d'infortunes,
et correspond sourdement avec le
malheur.

Mon consentement aux volontés de
Saint-Elme, pour avoir été muet, n'en
avait été que mieux entendu : je ne
vis jamais un homme plus transporté,
plus rempli d'une folle ivresse ; j'avais
oublié ma main dans les siennes, et sa
bouche ardente la marquetait de ses

brûlantes caresses. Ce tableau dut être
fort plaisant pour la maîtresse de l'hôtel, qui nous surprit dans ce doux
abandon, en venant nous demander
nos ordres pour le souper, car j'avais
repris mes habits d'homme : la suite
la sortit bientôt de son étonnement.

Faire publier les bans, remplir les
formalités civiles et religieuses, avoir
quatre témoins, personnages bien
établis dans Bordeaux, ordonner mes
robes de noces, ainsi que la fête la plus
brillante, tout cela ne fut pour l'esprit bouillant de Saint-Elme, que le
coup de baguette d'une fée. Loin de
vouloir souffler sur ce nuage charmant
de son rêve, je lui répondais en riant,
que désormais mon devoir était d'obéir
aveuglément à mon futur époux : je
le laissai donc tout disposer à son gré.
Quelle vivacité ! quel empressement !

5.

d'ailleurs, l'or et l'amour ensemble,
qui pouvait résister à ces deux talismans? Mon amant prodiguait l'un et
l'autre; et n'étais-je pas sans con-
tredit la mieux partagée dans ses dons?

Au bout de douze jours précisé-
ment, toutes les licences, soit de l'é-
glise, soit de l'état civil étaient obte-
nues; ma robe de mariage, éclatante
de pierreries, brillait dans un magnifique *sultan* dont Saint-Elme m'avait
fait présent avec le plus bel écrin. Je
revêtis donc le lendemain matin à six
heures, (car Saint-Elme avait exigé que
la cérémonie se fît de bonne heure,) la
parure nuptiale; un diadème virginal
orna mon front; et loin d'en rougir,
comme indigne de le porter, j'avoue
que je fus fière de voir posée sur ma
tête cette couronne de la vertu et de
l'innocence. Deux femmes que m'avait

données Saint - Elme , présidèrent à
ma toilette, et je sortis de leurs mains ,
radieuse d'élégance et de fraîcheur.
Saint-Elme ne se contenait pas de joie
et d'orgueil : lui-même ne laissait rien
à désirer sous le rapport de la mise et
de la figure ; et de toutes parts ce cri
flatteur chatouillait agréablement nos
oreilles : Oh ! le beau couple !

Descendus de notre voiture , le
suisse nous traça le chemin de l'autel...
—Allons, démon jaloux de ma félicité,
cette fois - ci tu expires d'impuissance,
me disais-je à moi-même ; Dieu même va sanctifier nos vœux , et les caprices de la fortune ne peuvent rien
au pied de son trône. La prière finie ,
Saint-Elme , interpellé s'il jurait fidélité à sa nouvelle épouse , un cri affreux se fait entendre et retentit sous
les voûtes : « *Qu'allez-vous faire ?*

» s'écria une voix inconnue, *vous*
» *unissez deux incestueux..... Clé-*
» *mentina est sa sœur!!!...* » Je tombai sans vie sur les marches de l'autel.
Saint-Elme furieux, s'était précipité,
mais en vain, du côté d'où la voix
était partie ; le cruel délateur avait
entièrement disparu dans la foule.
Quel spectacle douloureux pour l'in-
fortunéeClémentina!..l'édifice de mon
bonheur imaginaire venait de s'écrou-
ler entièrement. Tous mes affreux
pronostics venaient de se réaliser ; j'é-
tais donc destinée à n'entrevoir le
bonheur, qu'en marchant au travers
d'affreux précipices?...... Le prêtre
confondu, scandalisé, ne savait s'il devait continuer ses saintes fonctions,
ou les suspendre, sur la seule autorité
d'une exclamation qui, enfin, pouvait
être l'effet d'une calomnieuse ven-

geance. Quelle rumeur dans l'église!..
moi qui venais en France pour me
soustraire à la pénible célébrité dont
j'avais tant souffert en Espagne, je me
voyais plus que jamais l'objet des regards et de l'examen d'une population
immense. Déjà on scrutait mes traits,
ma physionomie qu'on trouvait à
travers ma beauté, vraiment *prodigieuse* et *extraordinaire*. Il était donc
pressant de se dérober à la pénétra-
'tion de cette curiosité avide; ce que je
fis promptement, lorsque revenue de
mon évanouissement, je m'échappai
soutenue de l'inconsolable St-Elme.
Mon amant voulait qu'on achevât la
cérémonie, mais une voix intérieure
me criait tout bas de ne pas profaner
davantage les lois de la nature et le
sanctuaire auguste de la religion. Il
me semblait enfin que nous étions en-

veloppés de toutes parts des vapeurs
noires de l'inceste , et les allégories de
nos appartemens venaient plus que
jamais se présenter à mon esprit épouvanté. Nous courûmes donc à pas précipités vers nos voitures , et enfin la
vîtesse de nos chevaux mit un terme à
mon cruel martyre.

CHAPITRE IX.

Nouveau désespoir de Clémentina. — Lettres interceptées. — Propositions de spéculations outrageantes. — Arrivée à Bordeaux de la comtesse de Damarsan. — Conduite sourde du marquis de Santa-Colomba. — Probabilités sur la découverte de la mère de notre héroïne. — Le marquis se montre enfin au grand jour, avec des nouvelles de Cadix et de Carcassona.

En rentrant dans mon appartement, tout m'y parut porter les couleurs du deuil le plus profond : avec quelle promptitude le songe s'était évanoui! Mes femmes me déshabillèrent : quelle différence de ton et de langage! quel-

ques heures avant, l'hyménée souriait
à mes inclinations légitimes ; maintenant, l'idée du crime les souillait de
sa flétrissure !..... Poussée par les vapeurs de tous ces nouveaux chagrins,
je retombais dans une sorte de mépris
de moi-même, et ne recevais les soins
de mes femmes qu'en rougissant et
avec une secrète terreur. Je ne connais pas de situation plus douloureuse,
que lorsqu'à force de scrupules, on
s'enlève à soi-même sa propre estime.
Quant à Saint-Elme, sa situation me
fendait le cœur ; de ma chambre,
je pouvais entendre la violence de ses
plaintes et de ses sanglots.

Il me fallut donc me dépouiller de
mes brillans atours, de mes somptueuses étoffes qui n'avaient été pour
la pauvre Clémentina, que la robe
enflammée de Médée ! Je dus, dis je,

quitter ce charmant diadême virginal
qui avait répandu sur mes sens un
baume vraiment angélique.... — Plus
d'amour, plus de riante perspective...
plus de Saint - Elme , m'écriai - je à
chaudes larmes : en vain mes femmes
voulurent me consoler, me représen-
ter que ce n'était peut-être que l'imposture d'un rival jaloux, je savais par
une cruelle expérience que le malheur m'était trop fidèle pour m'a-
bandonner un seul instant. J'en eus
la confirmation, lorsqu'on m'apporta
une lettre du curé de St-Paul, qui
m'apprenait, « qu'un billet signé d'un
» personnage de distinction lui avait
» confirmé la vérité de l'événement
» qui avait suspendu la cérémonie
» nuptiale. Ce billet, m'écrivait-il ,
» n'affirmait pas cependant que le
» chevalier de Saint-Elme fût mon

» frère , mais un concours de circons-
» tances dont on serait bientôt ins-
» truit , faisait naître les plus grands
» doutes. »

Ainsi , flottant entre l'amour désespéré et les incertitudes les plus douloureuses , Saint-Elme ne m'était plus
rien , jusqu'à ce que de nouveaux
éclairs vinssent briller dans cette tempête , et m'apprendre sur quelle plage
sauvage et déserte j'avais fait naufrage.
Dans certains momens , une fureur
spontanée me trahissait ; je demandais
avec violence quelqu'arme , quelqu'é-
pée , pour tirer une vengeance éclatante des sourdes menées de l'odieux
marquis de Santa - Colomba , auquel
j'attribuais mes nouvelles catastrophes,
et que je soupçonnais violemment d'ê-
tre l'auteur de toutes ces cruelles intrigues ; les personnes qui alors m'en-

touraient, se mettaient à fuir, en se demandant d'un œil inquiet si quelque
prodige diabolique n'était pas caché
sous mes formes équivoques?.. Déjà on
ne m'approchait plus qu'avec des précautions mortifiantes, et j'étais enfin,
en quelques instans, descendue du
faîte du bonheur au comble de l'humiliation.

Les coups de l'adversité ne devaient
pas avoir de relâche. Un domestique
m'apporte, au moment où je m'étais
retirée dans mon cabinet, une nouvelle lettre, d'une écriture inconnue ;
la qualité et le nom du signataire me
l'étaient également ; elle était ainsi
conçue :

MADEMOISELLE,

« Les facultés de médecine de Ma-
» drid et de Cadix, avec lesquelles je

» suis en correspondance , en ma qua-
» lité de membre de plusieurs Acadé-
» mies savantes de l'Europe, m'ayant
» informé que vous étiez un des *plus*
» *beaux phénomènes* que la nature
» ait jamais créés, j'ai l'honneur de
» vous offrir *cent mille francs*, sous la
» condition, (par contrat bien expli-
» qué), que je pourrais vous montrer
» pendant un an entier en France ,
» en Angleterre et en Russie : nous
» éviterions l'Espagne , puisque je
» n'ignore pas que vous y avez éprou-
» vé beaucoup de contrariétés. Je vous
» instruirai de vive voix comment
» ces lumières me sont parvenues ;
» quant à celles que j'ai reçues des
» docteurs de Madrid , vous en serez
» d'autant moins surprise , qu'une
» feuille périodique , imprimée tous
» les mois, offrant les singularités qui

» peuvent fixer l'attention des phi-
» losophes, parcourt les principaux
» cabinets d'histoire naturelle de
» l'Europe , et que je vous ai d'abord
» connue par ce moyen ordinaire de
» publicité.

« J'ai l'honneur d'être , Mademoi-
» selle , avec le plus respectueux dé-
» voument ,

Votre très-humble et très-obéissant
serviteur ,

STAREINDORFF ,
médecin juif ,

Rue de Bayonne, n°. 18.

Voilà, m'écriai-je, après avoir lu cette
infâme missive que je foulai de rage
aux pieds, un nouveau genre d'humiliation que je n'avais même pas pré-
vu ! Ainsi, toute l'Europe me con-

naît ! Je ne m'appartiens plus; je suis
la propriété bizarre des savans : on va
jusqu'à m'offrir un salaire pour acheter ma pudeur ; et bientôt sur des tréteaux honteux , un crieur me propo-
sera de prostituer les raretés indécentes de ma personne !!!... Ce coup,
je l'avouerai , fut le plus sanglant que
j'aie jamais reçu : un ruisseau de
larmes fut la seule réponse que je donnai à la maudite lettre. Je suis donc
une victime dévouée, me dis-je avec
une fureur concentrée ! Il n'est aucun
lieu de la terre où je puisse éviter
les persécutions du sort ! En proférant
ces mots, je me meurtrissais le sein ,
je m'arrachais les cheveux ; mes cris
attirèrent St-Elme ; il arriva heureusement au moment où j'avais sorti un
stylet de mes mailles, et un genou en
terre , demandant pardon à *Dieu* de

mon criminel suicide, j'allais m'en frapper. — Clémentina ! Clémentina ! *ma sœur...* que faites-vous !...... Le poignard tomba de mes mains à sa vue, et des pleurs vinrent à propos calmer l'horrible désespoir dans lequel j'étais plongée. Cette affreuse lettre, cause de tant d'angoisses, était tombée sur le parquet ; St-Elme la parcourut avec indignation, et ensuite la mit en pièces. Ce nouveau titre de *sœur*, de *frère*, porta, il est vrai, dans mon âme, les plus doux allégemens. Je souriais à ces délicieux sentimens de fraternité, et dans la perte que je faisais de mon amant, ne m'était-il pas bien doux d'y retrouver en compensation un parent chéri, mon propre sang dans un homme de la première distinction ?... Mon origine allait donc se découvrir ?

— Nouvelle illusion chimérique, me

disais - je encore, je perdrai tout,
excepté l'espoir de mourir bientôt,
pour être délivrée d'un si grand supplice !

Désormais, le Marquis et Marcellina furent pour moi deux ombres fu-
nestes, qui me poursuivaient au sein
du plus inquiétant mystère ; car je ne
doutais pas que Marcellina ne m'eût
porté le dernier coup pour se venger.
Un peu plus calme, j'envoyai à la
poste y demander mes lettres, ayant
eu soin, comme je l'ai déjà dit, de
faire suivre mes missives, d'abord celles
qui auraient pu m'être adressées de
Carcassona et de Cadix, sous mon
premier nom de *la Segnora Symfo-
rosa Lopez*, ensuite celles que la comtesse de Damarsan devait m'adresser
sous le nom de *Dérouville*.

Quelle consolation n'éprouvais - je

pas , quand un laquais m'apporta des nouvelles de cette chère dame , dans lesquelles elle m'assurait que je la verrais très-incessamment à Bordeaux! Elle se trouvait également la victime des plus odieuses calomnies, et ne pouvant les souffrir davantage, elle avait obtenu la permission du roi de se retirer en France , après avoir été relevée de ses vœux, au moyen de toutes les formalités ecclésiastiques d'usage. Son rang, sa fortune , la protection de la Cour avaient levé tous les obstacles , et enfin elle espérait me serrer dans ses bras avant peu de jours.

Je ne jugeai donc pas devoir lui répondre, puisque, selon cette communication , elle serait partie de Madrid pour Bordeaux , sans pouvoir recevoir à temps ma lettre. J'instruisis aussitôt St-Elme de cette bonne nou-

velle, en lui faisant un digne portrait
de la Comtesse. Il ne faisait que de
rentrer : il m'apprit à son tour qu'il
était sorti d'abord pour découvrir nos
ennemis cachés dans la ville, quoique
ses démarches et les personnes qu'il
avait mises en campagne, n'eussent
rien obtenu encore ; ensuite, pour
louer une belle maison avec un jardin,
du côté de l'arrivée des bâtimens, *aux
Chartrons*, quartier retiré, qui convenait parfaitement à notre situation.
Nous réglâmes donc nos comptes de
l'hôtel, et nous nous installâmes le
jour même dans cette charmante ha-
bitation. Saint - Elme jugea que pour
la décence, j'y passerais pour sa nièce,
et me nommerais désormais *Caroline
de Saint-Aulaire*, (nom d'une de ses
tantes.) Il eut l'attention de m'acheter
une harpe, un piano, une boîte de

couleurs, des pinceaux, un métier à
broderies, des livres de piété et de
saine philosophie, et la mélancolique
Clémentina se mit de nouveau à es-
sayer le genre de vie qui lui avait si
bien réussi chez le docteur don Anzelmo, à Cadix, à l'effet de vaincre
de noires vapeurs. Saint-Elme n'approchait plus de moi qu'avec la plus
grande circonspection : le respect
avait fait place à la galanterie : plus de
serment d'amour, ce mot était désormais banni, comme une impiété,
de nos cœurs affligés ; et toujours in-
certains de ce que nous étions réellement, nous osions encore moins nous
livrer aux familiarités, aux charmes
de la fraternité.

Quelque temps s'était écoulé dans
cet état de perplexité; et telle est
notre disposition infatigable à recou-

vrer nos espérances au bonheur, que
je me plaisais déjà à me frayer une
nouvelle route à la félicité, dans cet
état de choses. Mes sentimens, d'abord
exaltés, pour Saint-Elme s'épuraient :
je l'aimais toujours, mais sans délire ;
nos âmes seules étaient unies, et la
volupté des sens n'altérait plus l'innocence de nos sentimens. Je rendais
même grâces à Dieu de ce qu'il avait
daigné nous préserver, quoique ce fût
par la main d'un ennemi peut-être, des
remords et des souillures de l'inceste.
Cependant les nouvelles lumières que
m'avait fait espérer le curé de Saint-
Paul, ne paraissaient pas : toujours la
plus profonde obscurité à cet égard.
Je m'en affligeais, et j'allais prier Saint-
Elme d'aller lui rendre visite, lorsque
ce dernier entra avec la comtesse de
Damarsan, qui, en Espagne, s'était

embarquée à Saint-Ander, où elle
avait eu quelques intérêts à régler, et
avait fait la plus heureuse navigation
jusqu'à Bordeaux. Saint-Elme s'était
trouvé avec une foule considérable,
sur le port, au moment de l'arrivée
du vaisseau ; et ayant entendu nommer
la comtesse par ses domestiques et le
pilote, il n'avait pas souffert qu'elle
prît un autre logement que le nôtre.
Après les premières effusions de notre
tendresse, je crus devoir laisser la
comtesse prendre quelque repos avant
l'heure du souper. J'eus soin, (et ce
fut un moment de délices pour mon
cœur), de lui faire préparer, et même
décorer le plus galamment possible,
un appartement près du mien : je connaissais ses pieuses habitudes, j'y fis
donc placer un prie-Dieu, et tout ce
qui était nécessaire à une dame qui

avait toujours vécu dans le plus grand
ton. Combien cette occupation m'était
agréable ! Je lui rendais donc ainsi,
avec un secret orgueil, tous les soins
hospitaliers qu'elle m'avait prodigués
à Madrid ! Je prouvais par des effets,
ma vive et profonde reconnaissance ;
et cherchant à me faire illusion, je
me plaisais à oublier que, sans doute,
il n'était question dans Bordeaux que
de mes noces scandaleuses, de la manière extraordinaire dont elles avaient
été interrompues, et peut-être encore, me disais-je tout bas, du *phénomène* dont l'affreux juif avait connaissance. D'un autre côté, ce qui me
causait le plus d'étonnement, c'était
le silence inexplicable du marquis de
Santa-Colomba ; car il n'était pas douteux qu'il nous avait devancés dans les
montagnes de Vittoria : les deux vers

qu'il y avait tracés en donnaient la conviction ; les avis emblématiques que
nous avions trouvés dans nos appartemens, à l'hôtel de France, ne pouvaient être encore que son ouvrage....

La comtesse de Damarsan fut on ne
peut plus sensible à toutes mes atten-
tions ; ses malles, ses coffres, tous
ses effets avaient été soigneusement
rangés. Au souper, je parai mon sein
de son portrait, et depuis ce moment
il ne le quitta plus. Ma bienfaitrice
ne put retenir ses larmes à cette vue ;
elle se leva dans un nouveau transport
de tendresse, et m'embrassant à plusieurs reprises, elle m'assura que rien
au monde ne pouvait désormais la
séparer de sa chère fille, de sa chère
Clémentina. Je l'instruisis de tout ce
que nous avions souffert, moi et Saint-
Elme ; elle nous conta à son tour,

durant le repas, les chagrins qu'elle avait essuyés à Madrid, d'autant plus vifs, que son neveu, absent depuis le jour même de mon départ, ne l'avait conséquemment pas aidée en la moindre chose. Cette communication de la comtesse ne donnait que plus de vraisemblance à mes premières conjectures. D'ailleurs elle ne cessait de répéter, comme elle me l'avait cent fois dit au couvent de *Las Salesas*, que la Providence me ferait retrouver ma famille par des instrumens invisibles.

Quelques jours après son arrivée, le temps étant fort beau, je l'invitai à descendre au jardin ; la matinée était superbe, et je me mis, en badinant autour de la comtesse, à lui cueillir un bouquet ; au moment où j'allais le lui offrir, elle paraissait occupée à écouter avec la plus grande attention une

conversation qui avait lieu dans le
jardin voisin, et dont le peu de hauteur
du mur ne nous laissait rien perdre.
« C'est vraiment inconcevable, disait
» la première voix, (et c'était celle
» d'une femme), Julien devrait être
» déjà rentré de l'Espagne ; plusieurs
» vaisseaux sont déjà arrivés au port
» sous pavillon portugais et même es-
» gnol ; et à tout événement, nous
» aurions pu avoir de ses lettres. —
» Vaine espérance, répondait l'autre
» voix de femme ; vous m'avez tou-
» jours flattée en vain, ce serait un
» bienfait trop grand du Ciel ; il ne
» fera pas un miracle en ma faveur.
» Que sait-on? Julien a peut-être péri
» dans la traversée ; et puis, après tant
» d'années, comment admettre?.....
» Cruel naufrage, tu auras tout en-
» glouti ! et mes deux enfans sont
» perdus pour toujours.... »

6.

A chaque mot , comme mon cœur palpita ! comme je tressaillis ! J'aurais voulu percer de suite la cloison qui me séparait de ces inconnues ; je brûlais d'impatience de vérifier des augures si surprenans , si flatteurs , car la conformité de mes aventures avec les particularités de cet entretien m'animait des plus douces espérances : je redoublai donc d'attention pour entendre la suite de ce précieux dialogue , mais malheureusement les deux causeuses s'étaient éloignées. Je ne puis dire combien j'en fus affligée ; je ne m'en consolai qu'avec la détermination d'aller faire le lendemain une visite de voisinage , plutôt que de renoncer à l'espoir que tant d'analogie me faisait concevoir.

Cependant la comtesse qui , à ma première vue à Madrid , s'était un moment flattée d'avoir retrouvé sa fille,

ne se livrait qu'à demi à ces nouvelles
probabilités. Le réveil serait trop pénible, me disait-elle, si ce n'était encore qu'un songe. Nous rentrâmes donc
tristement au logis ; Saint-Elme en
était sorti : le silence le plus profond
régnait dans notre demeure solitaire...
Bientôt un bruit confus vint le troubler. Qui frappe avec tant de violence,
demandai-je aux domestiques ?.... —
Nous nous avancions sur l'escalier, la
comtesse et moi, pour savoir la cause
de cette rumeur... — Surprise délicieuse ! c'était le marquis de Santa-
Colomba lui-même, tenant serré dans
ses bras mon *am...i* ; leurs transports
ne finissaient pas : c'était une ivresse,
un délire, des caresses dont nous ne
pénétrions pas entièrement la cause,
mais qui m'offraient les plus heureux
augures. La comtesse, après avoir reçu
avec la plus vive tendresse les embras-

semens respectueux de son neveu, le
pria, ainsi que moi, d'expliquer cette
énigme. Nous nous enfermâmes donc
tous dans mon appartement, où, après
avoir pris des siéges, le marquis,
encore tout ému, s'exprima en ces
mots :

L'amour n'a pas besoin d'apologie,
nous dit-il en me regardant particulièrement, lorsqu'il a pour objet la belle
Clémentina. Dès que je la vis dans sa
loge à Séville, je jurai de lui vouer
mon cœur et ma vie, et de triompher
de tous les obstacles pour en faire mon
épouse. Rivalité, dangers, longs
voyages, haine même de sa part.......
rien, me dis-je, ne peut me décou-
rager; je dois à la fin la toucher, autant
par la persévérance de mes soins,
que par l'excès de ma passion. Je la
suivis donc, lors de son départ de Séville, ou plutôt je la dévançai à l'au-

berge de l'*Angel*, en donnant ordre
aux postillons qui la conduiraient avec
son tuteur à Madrid, de la mener dans
cet hôtel ; je m'y étais déjà installé, et
mes plaintives romances apprirent le
soir même à la belle fugitive, que *son*
sylphe infortuné avait suivi fidèlement
ses pas. Il est vrai que mon amour,
toujours actif, fut quelque temps en
défaut, lorsque se dérobant un matin
à mon insu, son tuteur alla se loger
calle de Toledo ; mais un heureux
hasard m'ayant servi à merveille, je
rencontrai un jour don Anzelmo dans
les rues de Madrid, le suivis malgré tous
ses détours, et j'eus le bonheur de retrouver encore une fois la belle Clémentina. Toute ma conduite à Madrid
vous est connue, Mesdames, je passerai donc rapidement sur toutes les
circonstances trop affligeantes où ma
passion et mes offres furent cruelle-

ment rejetées. Je sentis dès-lors que
j'avais un rival aimé : ma jalousie
éclairée ne me laissa aucun doute à
cet égard. Il s'agissait donc de l'éloigner, ou de remettre mes autres projets
de succès aux événemens. Mon amour
était trop respectueux vis-à-vis de la
charmante Clémentina, pour chercher,
par la voie des armes, à me déliver
d'un rival odieux ; il me fallut donc
rester spectateur tranquille de leurs
liaisons. Quelle souffrance de savoir
auprès d'un autre, l'objet qu'on aime !
Ne pouvant rien alors sur la force
de mon destin, je me bornai à inter-
cepter les lettres qui pouvaient venir
de Cadix, de la part du docteur et de
don Juan Mathias, à la deuxième
adresse de *Simforosa Lopèz*, *et du*
chevalier Dérouville, ainsi que m'en
avait informé la comtesse. — Quel
trait de lumière et à la fois d'espérance,

quand une fois je lus dans les communications du bon et intelligent curé,
dans les lettres de don Anzelmo, que
de précieuses découvertes ne laissaient
presque plus douter de la naissance et
du nom des parens de l'illustre orpheline ! — Un coffre retrouvé dans le
sable de la mer.... quelques papiers
de la plus grande valeur, quoiqu'en
lambeaux.... une demi - certitude an-
noncée encore que notre héroïne
avait un frère, à peu près de son âge...
Un marin, qui venait chercher sur
les plages de Malaga des renseignemens
de la plus haute importance, et tout
à fait en rapport avec nos intérêts....
— Que d'indices précieux ! Partout
je vois le doigt du Ciel, partout un
génie protecteur de mon amour!.. Ma
tête se monte, mon imagination s'en-
flamme : Saint-Elme est son frère,
m'écriai-je ! ses parens sont à Bordeaux,

et sans avoir plus de preuves maté-
rielles, je me mets à la poursuite du
beau couple, qui partit de l'hôtel
San-Raphaël, le 17 février 180*,
après avoir mystifié l'impertinente
Marcellina.

Est-il possible, l'interrompis-je,
marquis, que vous ayez été assez
cruel, pour me priver de lettres dont
dépendait le sort de ma vie? Que de
chagrins vous m'eussiez épargnés, en
agissant avec moins de...... — Et
combien j'aurais reculé l'instant de
votre bonheur! continua Santa-Colomba en m'interrompant à son tour:
il me fut facile encore de vous précé-
der dans les rochers de Vittoria : à tout
hasard j'y laissai de nouvelles traces
de mon amour; n'en parlais-je pas
sans cesse à tous les élémens?... L'or
que je prodiguais sur la route, me fit
arriver avant vous à l'hôtel de France,

dans cette ville ; vous pensâtes que ce
logement était de votre choix, et vous
ne fîtes pourtant que suivre la direction d'un de mes affidés , qui vous y
conduisit ; j'y avais loué la majeure
partie des appartemens ; il vous fallut
donc encore prendre ceux seuls qui
étaient disponibles, et où un habile
opticien avait disposé d'avance , avec
le plus grand secret, les allégories qui
vous y frappèrent. Ne devais - je pas
vous effrayer par des prestiges , pour
reculer le moment d'une union que
je croyais fatale sous tous les rapports?
Et quand je n'aurais fait que répandre
quelque déplaisir , quelque nuage sur
vos amours, n'était-ce pas une idée
délicieuse pour un rival?... ajouta le
-marquis avec malice. Bref, je reçus
directement une nouvelle lettre de
don Juan , qui fortifiait de plus en plus
mes soupçons que Saint - Elme était

lié par le sang à notre aimable héroïne;
et voulant prévenir le plus grand des
malheurs, j'eus le courage d'arrêter,
à l'église Saint-Paul, la cérémonie auguste qui pouvait faire, sans remède,
de Saint-Elme un nouvel Œdipe, de
Clémentina une plus infortunée Jo-
caste.

Le ton semi-sérieux, semi-tendre
avec lequel le marquis exprima ce
point de nos aventures, arracha de nos
lèvres un sourire, de nos yeux de plus
douces larmes. J'avais, reprit Santa-
Colomba, remporté la plus brillante
victoire, puisque, suivant le système
du grand Fabius, j'avais gagné du
temps; mais je ne me dissimulais pas
toutefois qu'il me restait beaucoup à
faire, autant pour votre bonheur que
pour le mien. Parfaitement tranquille
sur votre vertu, elle devint la garde de
mon amour; vos principes, votre ex-

quise pudeur, belle Clémentina, cal-
maient ma jalousie, et je sentis que je
n'avais plus de rival du moment que
votre honneur pouvait être compromis... — Ici le marquis fut interrompu par l'arrivée d'un message. Des
hommes du port apportaient un
grand coffre; Santa-Colomba ne se
contint pas de joie à sa vue : « Il ren-
» ferme, me dit - il, toutes mes ri-
» chesses, tout mon bonheur..... »
Mettons donc quelqu'intervalle, faisons quelque pause, avant de faire
participer mes lecteurs à tant de joie.

CHAPITRE X.

Envoi de la part du curé don Juan Mathias, du village de Carcassona, d'un coffre qui contient les preuves de l'origine et du rang de Clémentina. — Sa gratitude généreuse. — Sa mère retrouvée. — Reconnaissance pathétique. — Delia, nouveau personnage intéressant. — Projet d'union entre Saint-Elme et Nathalia.

Nous étions tous comme émerveillés à l'aspect de ce coffre ; il contenait la clef de toute ma vie, avait dit le marquis ; les porteurs s'étant retirés, je brûlais de l'ouvrir, mais point de clef. Les serrures, les cadenas rouillés, remplis de sable, ne permettaient pas

la moindre tentative à cet effet.......
— « J'ai un autre coffre plus précieux ,
» se mit à dire en souriant le malin ,
» le cruel marquis : puis fouillant dans
» la poche de son gilet : cette lettre ,
» j'en suis sûr, ajouta-t-il encore ma-
» licieusement , et en me regardant
» d'un air fin , vaudra aux yeux de Clé-
» mentina ...... que dis-je , de notre
» jeune *comtes*... tous les trésors du
» monde. — Allons , mon neveu , re-
» prit-il à voix basse, s'écria à son tour
» ma bienfaitrice, il y a vraiment un
» raffinement de cruauté de nous laisser
» ainsi dans l'attente : pour moi, je suis
» au supplice ; je vous en conjure, ne
» trompez pas davantage notre doulou-
» reuse impatience. » Santa-Colomba,
pour toute réponse, tira de sa poche la
précieuse lettre ; je reconnus aussitôt
l'écriture et le seing ; elle était timbrée
de Carcassona, et ainsi conçue :

« Chère fille , (permettez moi tou-
» jours ce nom ,) la Providence qui a
» daigné , il y a près de vingt ans , me
» confier vos belles et vertueuses desti-
» nées , met en ce moment le comble
» à mon bonheur , en me rendant l'ins-
» trument des plus précieuses découver-
» tes sur votre naissance. Voici le fait :
» il y a peu de temps que me prome-
» nant à la marée basse sur le rivage, à
» un point assez éloigné du village , je
» remarquai la pointe d'un mât de
» beaupré , qui sortait du niveau du
» sable : je ne laissais pas de faire , en
» contemplant ces débris, de profon-
» des réflexions sur les vicissitudes et
» les dangers de la mer : combien de
» navires superbes sont enfouis sous
» l'arêne , me disais-je ! les générations
» s'ensevelissent ainsi , et le théâtre du
» monde , n'est qu'un jeu de destruc-
» tion ! »

» En remuant la pointe de ce mât,
» je sentis que je pouvais l'ébranler ;
» bientôt le bout cédant à mes efforts,
» je le déracine et découvre à sa base
» un fragment de la poupe d'un vais-
» seau, ainsi que les anneaux d'un cof-
» fre qui y était étroitement joint par
» l'effet du temps ; alors l'espoir
» double mes forces; du débris du
» mât je me fais une sorte de bêche,
» je parviens à mettre entièrement à
» jour la surface du coffre et de ce
» fragment de poupe, sur lesquels je
» distingue des peintures et des carac-
» tères à demi-rongés par l'humidité et
» le temps. Des villageois de ma pa-
» roisse venant à passer, ils s'appro-
» chent du lieu de ma découverte ; je
» les prie de m'aider, et bientôt mes
» trésors sont dans ma maison. Enfin
» je nettoie les caractères et les pein-
» tures dont j'ai déjà parlé, et lis dis-
» tinctement sur l'un des côtés du

» coffre, comme vous l'y remarquerez,
» le nom du comte de SOMBEUILLES,
» *gouverneur à l'île Bourbon* : c'est
» votre père, Clémentina, Dieu m'en
» fait accepter l'augure ; et le vaisseau
» sur lequel vous avez fait naufrage, se
» nommait *l'Eole;* il périt en août
» 178*, on n'en a plus le moindre
» doute dans les bureaux de l'amirauté
» de Cadix, ainsi que dans ceux du
» consul français à Malaga, que j'ai été
» exprès consulter. La place où j'ai trou-
» vé ces objets est bien celle où je re-
» cueillis pour la première fois votre
» tendre enfance ; et malgré l'horreur
» de cette tempête et vingt ans écoulés
» sur ce fait, il est sans cesse présent
» à mon esprit.

» Empressez-vous donc, chère fille,
» de recouvrer les droits de votre rang
» et de votre naissance ; achevez mon

» ouvrage ; ces preuves incontestables
» que je vous envoie à Bordeaux par
» la *Néréide*, sous l'adresse du mar-
» quis de Santa-Colomba, qui depuis
» long-temps s'est fait votre généreux
» protecteur, doivent jeter le plus grand
» jour sur votre état. Je joins ici le pro-
» cès-verbal de votre naufrage, et ter-
» mine en vous priant de m'informer
» le plus promptement possible de la
» nature des objets que vous aurez
» trouvés dans ce coffre, car je me
» serais fait un cas de conscience de
» l'ouvrir.

» Recevez, ma fille, la bénédiction et
» les vifs embrassemens paternels de

DON JUAN MATHIAS,
Curé de Carcassona. »

« Par *post-scriptum*, ce bon pasteur
» m'apprenait que le marin déjà cité
» s'était embarqué pour Bordeaux; que

» Nathalia était partie avec sa mère
» pour la France, dans le dessein d'a-
» chever de rétablir leur santé languis-
» sante ; et que dona Isabella me ché-
» rissait toujours. »

A chaque ligne de cette lettre que
lut à haute voix et d'un air de ravissement, le marquis de Santa-Colomba, mon âme s'épanouissait ; il
me semblait que je grandissais à vue
d'œil dans l'opinion des personnes
qui m'entouraient ; il est vrai que plusieurs fois je me vis prête à m'évanouir de plaisir et de tant d'émotions
redoublées ; la comtesse me fit
respirer des odeurs : cependant je
ne pus m'empêcher d'interrompre
quelquefois le marquis, en l'appelant
cruel, *méchant*, d'avoir subtilisé ainsi
tous les instrumens de ma félicité. —
Mais toutes ses manœuvres mêmes ne
m'avaient-elles pas préservée de ma

ruine ? — J'avoue que je sentis aussitôt naître dans mon cœur la plus vive
gratitude pour des marques d'intérêt
si tendres et si soutenues : par un artifice dont mon cœur fait l'aveu,
j'affectai dans ce moment de nommer
Saint-Elme, *mon frère*, *mon cher
frère*, et je n'envisageais plus comme
le plus grand des malheurs, la nécessité de faire du marquis de Santa-
Colomba mon époux. Telle est la
versatilité de nos sentimens, que nous
ne pouvons répondre d'une heure de
fidélité, sous l'empire de certaines
circonstances.

Enfin, s'écria impatientée, la comtesse, faisons enfoncer ce coffre par
nos domestiques : vîte des haches,
dit-elle avec vivacité; je n'y résiste
plus, les *Sombeuilles* sont de ma famille, et c'est trop souffrir de retar-

demens. En effet, nos gens étant ac-
courus, le dessus du coffre fut aussitôt
mis en morceaux, les courroies qui
maintenaient les effets, arrachées, et
nous découvrîmes enfin avec la plus
agréable surprise un amas de richesses
incalculables, c'est-à-dire des sacs de
pièces d'or, au coin d'Espagne et de
France; des diamans du plus grand
prix, des nécessaires d'un travail merveilleux, de la vaisselle plate, des
vases magnifiques en vermeil, et toutes
sortes de bijoux du Palais-Royal, dont
mes chers parens avaient probablement fait l'acquisition, pour monter
à l'île Bourbon une maison digne de
leur rang; et tout cela appartenait à la
pauvre Clémentina !....... La fortune
enfin était lasse elle-même de ses rigueurs ! Quel plaisir indicible ! — Je
fus maintes fois obligée de m'asseoir,

pour en soutenir l'excès, quelquefois
douloureux.

Après avoir étalé sur une grande table
tout l'or, toute l'argenterie, tous les
bijoux de prix, la comtesse et le marquis voulurent que j'allasse chercher
le hochet en cristal que don Mathias
avait trouvé sur moi lors de mon naufrage, ce que je fis aussitôt, en me
munissant également du portrait dont
j'ai souvent parlé : ayant fait la com-
paraison de l'écusson gravé sur le hochet et sur l'argenterie, il était parfaitement le même ; pendant cette démar-
che, la comtesse avait parcouru des
lettres, des parchemins, St-Elme avait
fouillé dans tous les coins et recoins
du coffre ; les habits brodés qu'il y
avait trouvés, quoique entièrement
gâtés par les eaux de la mer, appartenaient indubitablement à un grand

personnage. Pendant nos recherches insatiables, (car vraiment nous devions avoir l'air d'être tous fous de plaisir), le marquis parcourut des fragmens de contrats un peu endommagés par l'humidité ; et, dans un nouveau transport, se mit à lire tout haut : CHARLES-LOUIS XAVIER, COMTE DE SOMBEUILLES, GOUVERNEUR-GÉNÉRAL A L'ÎLE BOURBON, AU NOM DE SA MAJESTÉ LE ROI DE FRANCE, etc. ; puis, épelant avec difficulté de nouveaux mots, il distingua parfaitement le nom de *la comtesse de Damarsan, sa belle-sœur.* — J'avais bien dit que tu étais mon sang, s'écria la comtesse en se jetant de nouveau dans mes bras. Une lecture si rapide, si incohérente de tous ces papiers à moitié en lambeaux, ne satisfaisait pas, il est vrai, encore entièrement la raison et le bon

sens ; mais était-ce là le cas, je le demande au lecteur, de faire un examen
rigoureux ? notre sensibilité seule faisait tous les frais de cette scène délicieuse, et nous aurions accueilli les
plus grandes chimères pour nous croire
tous liés par les titres de la parenté.
Nous nous proposions d'ailleurs d'approfondir toutes ces choses dans un
instant calme, et à tête reposée, et
de faire même intervenir un habile
avocat pour déterminer l'état et la valeur de tous les papiers. Au surplus,
le fort du secret était arraché à la fortune, et, je puis dire, comme aux entrailles de la terre qui avait dérobé
mon sort dans son sein pendant vingt
mortelles années.

On exigea que toutes mes richesses
fussent déposées dans mon appartement ; il me fallut consentir à cette

volonté unanime; j'eus beau m'efforcer
d'assurer toutes ces chères personnes
que tout désormais était commun entre nous, leur délicatesse exigea cette
disposition. Saint-Elme, quoique toujours profondément blessé, ne laissait
pas de m'envisager avec une tendre
inquiétude ; déjà son amour, cédant
aux nouvelles impulsions qui nous
agitaient tous, l'honneur, l'amour-
propre, l'intérêt... (ne se glisse-t-il pas
dans les âmes les plus délicates ?) chan-
geaient insensiblement le fond et la
face de ses idées, de ses projets. Nos
richesses n'étaient-elles pas en commun ? car ce n'était que par pure galanterie, et comme par respect humain
pour tant de malheurs que j'avais essuyés, qu'on avait exigé que tous ces
hochets de la vie fussent sous mes
yeux, et que la fortune, si long-temps

rebelle , fût en quelque sorte forcée ,
dans ce jour , de voir son temple établi
dans mon propre appartement , dût
cette déesse volage en murmurer !

Quant à la fraternité présumée entre
moi et Saint-Elme , je ne la voyais
pas encore parfaitement établie , pas
plus que le titre de tante dans madame
la Supérieure ; mais, comme je l'ai
déjà dit au lecteur , pouvions-nous en
un seul coup-d'œil embrasser tous les
points ténébreux et équivoques d'un
si vaste tableau ? il fallait sonder froide-
dement toutes ces profondeurs encore
énigmatiques ; et comme le sentiment
présidait à toutes nos actions , il était
peu fait pour démêler le sens d'opérations qui appartenaient entièrement à
la sphère du calcul et d'une froide analyse. Ainsi, avant d'attendre de nouveaux détails du marquis de Santa-

7*

Colomba, dont le récit succinct laissait encore tant à désirer, avant de questionner St-Elme sur toutes les circonstances de sa jeunesse et même de son enfance, nous ne voulûmes songer qu'à nous livrer à la joie, et à épanouir toute notre âme aux rayons d'un nouveau jour si brillant.' Les bases de notre bonheur n'étaient-elles pas déjà solidement posées ?.... Qu'importait donc à nos esprits trop ambitieux quelques nouveaux ornemens qui, d'ailleurs, ne pouvaient manquer d'embellir ce premier monument de notre haute fortune ?

L'excès du bonheur m'a toujours rendue pieuse ; c'est l'Eternel, me suis-je souvent dit, qui dispense les biens : je priai donc qu'on me laissât quelques heures seule, afin de pouvoir rendre grâces au Souverain de toutes

, choses, dans la ferveur de mon âme,
de tous ces bienfaits.

J'envoyai aussi de suite mille écus au
curé de Saint Paul, pour fonder une
messe qui pût atténuer, dans mes opi-
nions religieuses, le scandale de mon
aventure à l'autel de cette église; je joi-
gnis un diamant de prix pour ce bon
curé à ce premier don de fondation, et
mis encore mille écus pour les pauvres
de la paroisse. Je priai d'ailleurs ce
pasteur de ne faire aucunes démarches
ultérieures touchant mon dernier événement à l'église et la lettre qu'il
avait reçue à cet égard, attendu que
la Providence venait de régler mes
destins de la manière la plus satisfai-
sante. Don Juan Mathias et le Docteur
eurent pareillement des preuves très-
promptes de mes largesses; je leur fis
passer, dans cette journée de bonheur,
à chacun mille louis, pour première

marque de ma gratitude ; mon intention étant d'ailleurs de ne pas borner
là ma reconnaissance. Dona Isabella ne
fut pas oubliée, je lui assurai dix-huit
cents livres de rente ; et avec le contrat,
je lui fis présent de quelques pierreries que je la priai de conserver toute
sa vie en mémoire de *la pauvre orpheline* dont elle avait pris un soin si
touchant dans ses jeunes ans. Que
ses occupations charmaient délicieusement mon cœur ! et qu'on est heureux soi même, quand on peut ainsi
dispenser le bonheur !

Je me proposais bien par la suite de
prouver à Antolina, par quelque fas-
tueux présent, qu'on me porterait en
vain le défi de la générosité, et que
j'étais grande dans mes récompenses
autant que j'avais été soumise dans
mes infortunes ; mais il fallait m'in-

former d'elle auprès de la comtesse de Damarsan, *ma chère tante*, et je remis à quelques jours ce plaisir. Quant à Nathalia et sa mère, elles arrivaient ; nous avions à ce sujet ordonné à nos gens d'être incessamment sur le port, pour les informer de mon séjour dans Bordeaux ; car, d'un autre côté, je ne voulais pas qu'elles eussent d'autre demeure que la mienne, et je sentais secrètement que je perdrais avec moins d'amertume le cœur de Saint-Elme, si Nathalia en devenait possesseur. Une perspective de *quadruple alliance* me souriait donc de toutes parts, et mon cœur était tout orgueilleux que j'en pusse devenir l'heureuse ordonnatrice. Déjà Nathalia, lors de mon second naufrage à Cadix, comme le lecteur s'en ressouviendra, avait ressenti la plus vive inclination pour le beau,

pour l'*héroïque* Saint-Elme ; sa mélancolie, m'avait-on écrit à Madrid,
paraissait provenir d'une langueur d'a-
mour ; il me serait donc bien facile,
au sein de ma nouvelle opulence, de
manier ce jeune cœur comme une cire
docile sous l'influence d'une douce
chaleur, et de lui faire prendre la direction qui ne pouvait manquer de
flatter son ambition et à la fois ses
premiers penchans. Tous ces plans
gracieux, je les arrangeais d'une manière charmante dans mon imagination, tel qu'une Fée, de sa baguette
puissante, construit des châteaux, des
palais et des sites délicieux. N'avais-je
pas d'ailleurs, par devers moi, le grand
faiseur de métamorphoses, celui qui
peut tout après Dieu, je veux dire l'or
auquel rien ne résiste, pas même l'orgueil ?... — Mariages, considération

dans le monde , maisons somptueuses ,
nombreux domestique , longs voyages..., tout n'était-il pas en mon pouvoir ?... C'est au milieu de tant de trésors , soit au moral , soit au physique ,
que l'heureuse Clémentina, après tant
de crises terribles, passa la plus agréable nuit. J'avais rempli tous mes devoirs,
je souriais à un nouvel amour... Le
marquis m'adorait, que pouvais - je
désirer de plus ?

Cependant je sentais confusément
encore que *le roman de ma vie* , si je
puis m'exprimer ainsi, n'était pas tout à
fait clos; la véritable qualité de St-Elme,
celle de la comtesse à mon égard ,
cet entretien dont j'avais entendu une
partie dans le jardin; tous ces souvenirs occupaient puissamment mes esprits ; et j'éprouvais que ma félicité
serait toujours incomplète, tant que

je ne pourrais pas déposer mes sentimens dans le sein d'une mère. Encore
ce généreux miracle, demandais-je à
Dieu, et quelques années de vie pour
jouir d'un si grand plaisir, je mourrai
ensuite satisfaite !!!..

La comtesse vint frapper doucement
à ma porte : j'étais déjà levée ; je sau-
tai à son cou, et nous descendîmes au
jardin, à l'effet d'éprouver si le hasard
nous servirait aussi bien que la dernière fois ; car pour faire une visite
de voisinage, comme j'y avais pensé,
je ne pouvais vaincre ma timidité à
cet égard. Nous nous dirigions donc,
en évitant d'un ton enjoué les poursuites du marquis, qui s'était amusé à
nous épier, vers la partie du mur où un
dialogue extraordinaire nous avait déjà
frappées. — Nous prêtons l'oreille ;
le plus profond silence : point de cau-

seuses, point de promeneuses; nous
attendons quelques minutes, mais
rien ne se fait entendre : impatien-
tées, nous continuons notre promenade jusqu'au bout du jardin qu'une
large grille fermait ; la vue donnait
alors sur de superbes prairies terminées par un petit bois très-pittoresque.
— Ouvrons la grille, me dit follement la comtesse, probablement le jardin voisin aura pareille vue sur la campagne ; voyons donc si nous pourrions
nous glisser parmi ces charmilles, de
manière à découvrir quelque chose
chez nos intéressantes voisines. — Effectivement, nous nous dirigeâmes à
petits pas vers le but de notre vive
curiosité ; la grille de leur jardin était
entr'ouverte, le hasard ne pouvait jamais mieux nous servir : mais quelle
différence de luxe dans cet autre jar-

din ! quelle somptuosité ! quel goût !
quelle recherche ingénieuse dans les
moyens d'ajouter aux beautés de la
nature, les prestiges de l'art ! Une superbe volière, masquée par des fasci-
nes de rosiers et de lilas, ombragée
gracieusement par des branches d'a-
cacias, de grenadiers et de lauriers,
était peuplée des oiseaux les plus rares
et les plus agréables : nous allions toujours à petits pas, et de la marche de
personnes qui commettent pour le
moins une assez grande indiscrétion :
enfin si nous sommes surprises, nous
disions-nous, nous en serons quittes
pour faire une rapide apologie de voisinage. — Ecoutons attentivement,
me dit la comtesse ; vers ce bosquet,
près la volière, je crois avoir entendu
parler. — Elle ne se trompait pas :
« Oui, disait une des deux voix que

» nous avions déjà entendues, c'est
» ici, sur ce banc de gazon, que je
» viens passer des heures entières à
» écouter la mélodie de ces petits mu-
» siciens; je me plais à observer l'ai-
» mable simplicité de leurs mœurs qui
» contrastent si fort avec l'artifice des
» nôtres, et à comparer leur tranquille
» bonheur à cette inquiétude active, à
» ces illusions laborieuses, ainsi qu'à
» ces passions tumultueuses qui con-
» sument le cœur de l'homme.... Oui,
» chère Délia, les roses ne sont souvent
» que des pavots, et la fleur du plaisir ne
» croît que sur un arbuste épineux...»

Ici un nègre en grande livrée se fit
apercevoir de loin dans une sombre
allée ; il apportait un élégant service
en porcelaine, qui paraissait le déjeûner de deux personnes. Après son départ, l'entretien fut repris en ces

termes : « Aimable enfant, sans doute,
» sans toi, la vie me serait entière-
» ment odieuse ; ta présence charme
» et trompe mon amour maternel ; tu
» me tiens lieu de mes deux enfans
» que les mers d'Espagne ont englou-
» tis.... — Pourquoi désespérer ? re-
» prenait une voix plus douce ; on peut
» encore admettre, sans se faire illu-
» sion.... — Non, non, mes enfans,
» mon époux sont devenus la proie des
» flots, et je ne vois devant mes es-
» prits affligés qu'un deuil éternel
» répandu sur toute la nature. — Vous
» ne m'aimez pas, reprenait Déia,
» puisque vous rejetez mes consola-
» tions ? — Je te chéris toujours, mais
» est-il possible d'oublier le sort af-
» freux des deux plus aimables créa-
» tures que la nature ait jamais formées ?
» Mon fils pourrait avoir maintenant

» vingt-quatre ans; ma fille.... ma
» chère fille, à peine parvenue à sa
» troisième année, promettait d'être
» le modèle le plus parfait... — Il me
» semble cependant, ma chère ma-
» man, que vous m'avez fait souvent
» entendre.... observa Délia du ton
» du plus grand ménagement... — Il
» est vrai que mon orgueil a pu quel-
» quefois gémir tout bas d'une bizarre-
» rie bien étrange. — J'ai eu beau me
» faire une idée, reprit Délia, de cet
» étonnant mystère que jusqu'à pré-
» sent vous avez voulu, m'avez-vous
» dit, cacher à ma pudeur, je me perds
» dans toutes mes suppositions, et je
» confesse mon ignorance; dites-moi
» donc, chère maman, (car vous
» m'avez permis ce nom,) maintenant
» que mon âge autorise cette nature
» de confidence ?.. — ton innocence,

» ton aimable candeur ne pouvaient
» manquer à cet égard de former un
» bandeau épais…, reprit l'inconnue…»
Comme mon cœur battait avec violence ici ! je dévorais les moindres
expressions. Mon bonheur, ma vie
allaient dépendre du moindre mot ;
la divulgation même de mon opprobre, cette unique fois, faisait ma joie,
et je me serais fait un jeu alors de lever, d'un seul coup, tous les voiles
de la pudeur, pour pouvoir me précipiter dans les bras de ma mère. —
« Eh bien, oui ! j'y consens, chère
» Délia, reprit son interlocutrice, pour-
» quoi d'ailleurs en rougirais-je ? A la
» physionomie la plus étonnante, aux
» contrastes les plus singuliers dans sa
» personne, ma fille présentait, même
» au berceau, l'assemblage le plus rare ;
» elle eût pu être *ton amant et la*

» *sœur ;...* enfin, je mis au jour un
» superbe hermaphrodite..... »

A ce dernier mot, autrefois toujours
effrayant à mon oreille, je fis éclater
ma joie dans les plus violens transports... — Ma mère ! m'écriai-je.....
c'est ma mère ! mon cœur depuis
long-temps l'avait devinée; et, me
précipitant à travers les arbustes, je
tombai sans connaissance aux pieds de
cette mère chérie.

Quelle scène ! est-il des expressions
pour la peindre ?... La comtesse de
Sombreuilles, (car c'était elle-même),
s'était également évanouie , frappée
comme par la foudre de mille traits
successifs : ma figure, qu'elle arrosait
déjà de ses larmes, ne lui avait pas
échappé; elle y avait reconnu son
sang : l'œil d'une mère peut-il s'égarer ! — A ces premières conjectures

de pur sentiment, se joignaient de
toutes parts de délicieuses certitudes ;
une légère blessure que je m'étais
faite au front, dans mon enfance,
ce portrait, ce hochet en cristal qui
étaient toujours sur moi comme
deux talismans favorables ;.... tant de
preuves accumulées, dis-je, permet-
taient-elles de douter encore ? — La
comtesse, revenue à elle-même, m'embrassait, me serrait dans ses bras à
mille reprises différentes ; et son enthousiasme, son délire étaient toujours
nouveaux. — « Oui, ce sont bien là
» ses traits si mobiles, disait-elle en
» me considérant avec une tendre at-
» tention ; ses yeux pleins de feu, où
» la fierté d'un héros s'allie au regard
» le plus doux. — Non , non , disait-
» elle avec énergie, je n'ai pas encore
» assez souffert, puisque je retrouve,

» après vingt ans de pleurs, un si pré-
» cieux trésor ! » La comtesse, judicieuse dans son affectueuse médiation,
pensant qu'il serait moins dangereux
pour ma mère d'éprouver tout d'une
fois les plus fortes émotions, était allée
chercher le chevalier St-Elme; celui-ci,
dans le plus grand désordre, accourait
donc vers nous pour mêler ses larmes
aux nôtres, et tomber aux genoux de
celle qui lui avait donné le jour. La nature trouva encore des forces et des sentimens pour cette nouvelle épreuve :
l'amour maternel et l'amour filial ont
tant de ressources et de puissance !
La comtesse de Sombenilles brûlait
du désir d'apprendre les aventures
vraiment miraculeuses par lesquelles
je lui étais rendue, ainsi que mon
frère ; nous la satisfîmes le plus briè-
vement possible. Son cœur inépuisable

me suivit dans chacun de mes malheurs ; elle semblait même, par ses
regrets et ses réflexions, se faire un
crime du *scandaleux motif* qui me
les avait attirés : enfin, après être arrivés au point de l'envoi du coffre et
des richesses considérables que nous
y avions trouvées, et n'avoir pas laissé
d'émettre nos doutes sur les véritables
titres de parenté de Saint-Elme et de la
comtesse de Damarsan : « Mes enfans,
» nous dit ma tendre mère, chassez
» toute espèce de doute, malgré les
» obscurités qui existent encore à vos
» yeux ; mon bonheur est certain, vous
» êtes tous les deux mes légitimes en-
» fans, ainsi que la comtesse de Da-
» marsan, ma belle-sœur : je suis trop
» émue pour commencer dans ce
» bosquet le récit de mes propres
» malheurs ; ma sensibilité ne soutien-

» drait pas ce nouvel assaut ; remettons
» donc à cet après-midi, lorsque
» toute la famille, et le marquis sur-
» tout, *mon généreux gendre*, seront
» près de moi, une narration assez
» longue, et qui demande quelque
» recueillement d'esprit. »

Délia ne manqua pas de m'embrasser avec la plus vive tendresse, et
comme une sœur. Nous nous empres-
sâmes de conduire la comtesse de
Sombeuilles dans nos appartemens,
surtout dans le mien, où je lui montrai les preuves nombreuses et irrécu-
sables de ses droits de mère. En effet,
elle les reconnut toutes avec de nouveaux transports, donna des larmes à
la mémoire de mon malheureux père,
en touchant les vêtemens qu'il avait
portés ; mais, se reprochant en quelque sorte sa douleur indiscrète, elle

demanda pardon à Dieu de paraître former encore quelque désir.

Dès ce moment, Délia devint ma plus tendre amie ; elle avait été comme l'aimable Antigone de la comtesse , et je ne l'en chérissais que plus ; je sus par la suite qu'elle n'avait pas de fortune , et que ma mère l'avait adoptée pour lui tenir lieu de ses enfans, s'il était possible, ainsi que de tout ce qu'elle avait perdu. Je ne manquerai pas, me disais-je, de la bien doter et de la bien marier , car j'en avais le pouvoir. Tant de coups imprévus nous paraissaient le comble de l'extraordinaire et même du merveilleux, et cependant cette journée devait nous offrir encore quelque trait singulier du destin. Ce fut l'arrivée de ma chère Nathalia, de sa mère , et de Julien, ce marin dépêché à Carcassona par la

comtesse de Sombreuilles, et dont nous
avons déjà parlé plusieurs fois. — Nouvelles étreintes délicieuses, étonnement indicible, explications intéressantes dont le charme était inépuisable.
Nous formions donc désormais comme
une collection de raretés ; chacun de
nous avait des droits incontestables à
la célébrité, et nous offrions pour l'ob-
servateur une galerie des personnages
les plus curieux.

La comtesse de Sombreuilles avait
fait percer de suite une porte de communication au mur mitoyen qui séparait nos hôtels, et nos entrevues
avaient lieu à l'aide des rapports les
plus agréables. L'amour, l'amitié, tous
les sentimens généreux nous liaient
comme d'une chaîne électrique, dont
les agréables commotions étaient toujours ressenties par tous. Spectacles,

bals, concerts, toilettes recherchées,
repas splendides, fêtes somptueuses,
formaient depuis quelque temps, pour
notre délicieuse existence, un cercle
brillant que j'agrandissais chaque jour
par l'invention de quelque nouveau
plaisir; je me plaisais surtout à or-
ganiser en secret, pour cette mère
adorée, de ces divertissemens *im-
promptu* qui récréaient singulièrement son imagination *orientale*. Une
fois, par exemple, dans un bal de
nuit dont j'avais fait les apprêts, j'avais
fait ériger dans le parc de la comtesse,
le Temple du Bonheur, qui parut
croître aux yeux surpris comme d'un
massif de rochers; le simulacre d'une
affreuse tempête avait précédé ce coup
de théâtre, et les débris d'un vaisseau
englouti dans la mer reproduisaient
l'allégorie de nos infortunes. La com-

tesse versait des larmes de plaisir et
d'attendrissement à ces images touchantes mais fugitives ; le Temple du
Bonheur, seul, y avait survécu, toujours debout dans le parc, et tout m'assurait que la déesse y avait fixé son séjour, car le marquis devenait de plus
en plus séduisant : Nathalia tournait
languissamment ses yeux vers Saint-
Elme, et la comtesse de Damarsan faisait par son esprit les délices de la société. Il nous restait à entendre le récit
des aventures de ma mère, que le tumulte des plaisirs avait souvent interrompu. Je vais donc le résumer dans le
chapitre suivant. C'est la comtesse de
Sombeuilles qui parle.

CHAPITRE XI.

Nathalia et sa mère sont arrivées à Bordeaux.
— Allegresse générale. — Clémentina est
devenue puissamment riche ; Saint-Elme
est son frere. — Récit de la comtesse de
Sombeuilles ; la comtesse de Damaisan
est sa belle-sœur. — Piété de Clémentina,
etc , etc.

Le comte de Sombeuilles, mon digne époux, n'avait qu'un défaut parmi
les plus belles qualités, celui d'une
ambition excessive ; il décorait ce
vice du titre pompeux de la passion
des grandes âmes ; moi je n'y vis jamais qu'une manie impardonnable,
quand on a par soi et autour de soi,

tout ce qui peut rendre heureux. Né
comte, puissamment riche par ma
famille et par la sienne, possesseur de
plusieurs terres, et entr'autres, d'un
château magnifique dans la Provence,
qu'avait-il besoin d'aller à la cour,
briguer à travers mille obstacles, le
gouvernement de l'île Bourbon? —
Adolphe, c'est le vrai nom de ton
frère, me dit la comtesse en me
regardant, pouvait alors avoir trois à
quatre ans; pour toi, chère Clémentina, tu n'étais pas encore née, je te
portais dans mon sein. Il me fallut
donc quitter, très-jeune, ma tranquille province, mes parens, pour me
montrer avec faste à Versailles et aux
Tuileries. J'avoue que je pris d'abord
le bruit pour le plaisir; mais me fati-
gant bientôt de ce clinquant de bonheur, je priai le comte de me laisser

8.

un peu à moi-même pendant le temps
qui nous restait à habiter la capitale.
Plus judicieuse dans mes délassemens
que mon mari, je sus me composer
chez moi, (dans un hôtel que nous
possédons encore à Paris, rue de
l'Université, faubourg St-Germain),
un cercle des personnes les plus agréables et les plus distinguées. Bon ton
sans gênante étiquette, philosophie
sans cynisme, enjouement sans trivia-
lité, et piété sans superstition, tels
étaient les élémens du moral qui animait mes soirées périodiques. Parmi
les personnages marquans qui me
rendaient leurs fréquentes visites,
Alli Effendi Edour, ambassadeur de
Perse, et envoyé à cette époque par la
cour d'Ispahan, à celle de France,
pour affermir les relations de bonne
intelligence qui existaient entre les

deux gouvernemens, se rendait souvent chez moi : c'était un homme à
peine âgé de trente-six ans, superbe
de taille, de la figure la plus noble,
d'un esprit éclairé, et parlant assez
bien notre langue. Je ne dissimulerai
pas que je fus frappée de sa beauté, et
surtout du caractère asiatique dont
tous ses traits étaient naturellement
empreints. Son costume oriental, de
la plus grande richesse, plaisait à ma
jeune tête, et comme j'avais été toujours très-enthousiaste des rêveries
féeriques des *Mille et une Nuits*,
j'aimais beaucoup à voir, vivante
sous mes yeux, une des chimères favorites de mon imagination ; non qu'il
se fût glissé dans mon cœur, à l'insu
de ma vertu, aucune pensée blâma-
ble ; j'adorais toujours le comte, mais
l'originalité de mon héros, son re-

cent, son visage *so'ennel et grandiose*,
me plaçaient en quelque sorte dans
toutes les pompes, dans tous le parfums de l'Orient ; et cette région fan-
tastique était pour mes esprits séduits,
asile même du bonheur. Je priai
mille fois ce complaisant ambassadeur
de me raconter les usages des harems,
les rits de la galanterie persanne, le
pouvoir comme divin de l'empereur
de Perse, la servitude humiliante de
notre sexe, dans ces climats si fa-
meux par les conquêtes d'Alexan-
dre ; et, errant délicieusement avec
lui dans ces brillantes contrées, il me
semblait que je respirais les parfums
de Sardis et l'encens de la Mecque.
C'est dans ce poison séducteur, ma
fille, que je formais imprudemment
ton être des élémens les plus singuliers : née parisienne, tu portes sur
tes traits toute l'empreinte du ca-

ractère asiatique ; tu as la beauté
d'une superbe Circassienne , et tout
l'air mâle et majestueux de l'ambassadeur persan; tu ne sais que trop enfin ,
chère fille , jusqu'à quel point je te
rendis victime de mon imagination
frappée. La nature indécise , ne sa-
chant à quels vœux elle devait obéir ,
accorda une fille à mon amour , (car
dans le commencement de ma grossesse , je désirais passionnément en
avoir une,)et se pliant à la fois aux caprices de mes envies , elle mêla indé-
cemment à ce premier sexe d'autres
attributs, dont l'impulsion me venait
de mon fatal ambassadeur. Tu ne
m'en fus pas moins chère, Clémentina , quand tu vins au monde :
seulement je déplorai quelque temps
l'effet de mes indiscrètes fantaisies , et
gémissais tout bas que tant de perfec-
tions qu'on admirait en toi, fussent

ternies par cette légère tache. Enfin l'ambassadeur partit, et après de longues et pénibles sollicitations à la cour, le comte, votre père, obtint le gouvernement qu'il désirait avec tant d'ardeur. Après avoir fait l'acquisition de tous les objets que tu as dans ton appartement, et de beaucoup d'autres, que la mer a ensevelis avec mes malles, ainsi qu'un superbe mobilier, nous partîmes pour Marseille, port dans lequel nous mîmes à la voile le 9 août 178*, (tu pouvais alors avoir près de trois ans) : notre navigation fut des plus heureuses, jusqu'à la hauteur des côtes d'Espagne ; mais un ouragan affreux venant à souffler impétueusement *nord-nord*, nous manquâmes sombrer plusieurs fois, et dérivant à l'infini, sans voiles ni gouvernail, nous vîmes échouer sur des rochers à fleur

d'eau, près Malaga : j'ignore comment,
dans le désordre de cet affreux naufrage, mes deux enfans furent arrachés
de mon sein, car je les y tenais étroitement pressés avec mon époux, qui
me soutenait lui-même sur l'entrepont
du bâtiment ; mais lorsque je me vis
dans la chaloupe du capitaine avec
quelques matelots, mon époux, mes
deux enfans, tout avait disparu dans
les gouffres qui menaçaient d'engloutir
également à chaque seconde notre
frêle embarcation, du moins je le crus.
— Plus d'époux, plus d'enfans !.....
Je ne voulais pas vous survivre, et si
les marins ne m'avaient retenue, la
mer serait devenue aussitôt mon
tombeau ; mais ils me forcèrent de
conserver une vie que je détestais :
nous voguâmes long-temps au gré des
flots, lorsque près des eaux du détroit

de Gibraltar, la mer ayant fini par se
calmer, nous fûmes signalés par un
forban de Tripoli, qui nous emmena
tous prisonniers. Je souffris une odieuse
et humiliante captivité de onze ans,
après l'espace desquels étant parvenue
à me racheter au moyen de mes biens
considérables et de l'intervention du
consul français à Alger, je m'empressai d'aller chercher quelques renseignemens sur votre sort, soit à Malaga,
soit à Cadix. Comme je ne savais pas
positivement le point où *l'Éole*,
(c'était le nom de notre bâtiment),
avait échoué, je ne pris que des informations vagues. Dieu ne voulut pas
que je découvrisse alors notre bienfaisant curé. Je retournai donc en
France, inconsolable de tant de pertes:
de nouveaux chagrins m'y attendaient;
une intrigante qui me ressemblait

beaucoup, avait cherché à s'emparer
de mes biens et de la succession de
feu le comte de Sombeuilles : Française d'origine, elle se trouvait dans le
temps à Malaga, ville dans laquelle
Adolphe, ton frère, fut conduit,
après avoir été préservé de la fureur
des flots, par le dévouement de quelques autres matelots qui s'étaient
précipités dans un esquif du port, à
l'effet d'aider de leurs héroïques secours les passagers de *l'Éole*. Ces généreux marins eurent probablement
le courage de pénétrer jusque dans le
bâtiment, au moment où il allait s'engloutir, ainsi que l'auront également
fait pour toi les matelots pêcheurs
du village de Carcassona, et t'arrachant
miraculeusement aux fureurs du sort,
ainsi que mon aimable Adolphe, vous
suivîtes tous deux séparément vos

malheureuses destinées. Il serait sura-
bondant de reproduire ici la narration
de ta propre histoire, chère Delphine;
elle finit pour moi à l'époque de la
présence de ton premier libérateur,
don Juan Mathias, me dit ma charmante mère, en m'embrassant de
nouveau, car elle interrompit souvent
son récit par de fréquentes caresses,
et en me donnant alternativement les
noms de Delphine, (qui était mon vrai
nom), et de Clémentina, auxquels
elle associait ses idées tristes ou agréables; il suffira, continua la comtesse
de Sombeuilles, d'expliquer succinctement par quelle bizarrerie du sort
l'adroite intrigante dont j'ai déjà parlé,
conçut l'affreux dessein de se substituer
à moi, de se faire *mon Sosie*, enfin de
se produire partout à ma place, soit
dans mes titres, soit dans mes propriétés et mes droits de veuve du comte

de Sombreuilles ; car pour mon malheureux époux, il a réellement péri
dans cet horrible naufrage. Astucieuse
et manégée à l'excès, pleine d'esprit,
ayant beaucoup de monde, on ne
peut plus féconde en impostures ingénieuses et vraisemblables, madame
Saint-Elme, (c'était son vrai nom),
colora adroitement ses profonds projets d'une apparence de vertu et d'humanité sur le port de Malaga, au
moment où ton frère y fut amené :
« Quel malheur, s'écria-t-elle, qu'un
» si bel enfant se trouve orphelin ! Je
» veux lui tenir lieu de mère ; je me
» charge de son éducation et de son
» sort : veuve et sans enfans, il me sera
» doux à tous égards de remplir des
» devoirs que la Providence semble en
» ce moment-ci me confier : le bel
» enfant ! la charmante créature ! s'é-
» criait-elle en comblant mon fils de

» ses fausses caresses ; (car je recueillis
» tous ces détails , ajouta ma mère,
» quinze ans après, de témoins oculai-
» res) , je veux que son enfance soit à
» l'abri de toute nouvelle infortune. »

Tout Malaga ne manqua pas d'applaudir à cette hypocrisie de bienfaisance ; le public ne pouvant pénétrer
alors les vues intéressées de ma plus
cruelle ennemie. Madame Saint-Elme
avait trop de discernement, pour
prétendre établir de suite dans les
Espagnes la criminelle fable qu'elle
n'a que trop accréditée quelques
années après à Paris et dans certaines
provinces de la France. L'artifice eût
été grossier ; elle se borna donc,
dans les premiers temps, à accoutu-
mer Saint-Elme à voir en elle sa
mère ; elle fit prendre finement le
change à sa débile intelligence , et autant par ses grouderies, ses menaces,

que par ses caresses et ses insinua-
tions, Adolphe oublia insensiblement
et sa séparation de ses véritables parens, et toutes les habitudes de ses
premières années. Ce premier succès
obtenu sur la fortune et la nature,
elle partit pour la France, munie de
tous les détails historiques de mon
naufrage, de mon rang, de mon opulence, détails qu'elle avait recueillis de
la bouche de ce même matin, Julien,
pour qui le but de la première mission
dont je l'avais chargé, était de ne pas
quitter les rivages de Malaga, sans avoir
trouvé quelqu'indice sur votre sort : le
seul matelot sauvé dans le naufrage, il
avait armé, sans s'en douter, madame
Saint-Elme des plus dangereux renseignemens, et lui avait même imprudemment remis une caisse de papiers dérobés aux flots ; papiers qui

la servirent puissamment dans ses
desseins ultérieurs.

A peu près de mon âge, me ressem-
blant en beaucoup de manières, et,
par une singulière fatalité, ayant dans
le visage des rapports étonnans avec
mes traits, mon cruel Sosie débuta
avec mes parens par les plus ingénieuses impostures, en leur écrivant
la perte cruelle qu'elle avait faite de
son époux, de *sa fille*, par l'effet
d'une terrible tempête; son fils, son
cher fils, seul, avait échappé à cette
douloureuse destruction. Imitant parfaitement mon écriture dont elle avait
de nombreux fragmens sous les yeux,
elle cimenta de toutes parts l'artifice
avec tant d'adresse, que ma famille,
complétement trompée, s'empressa
de recueillir les faux transports de sa
feinte douleur et de ses regrets, et mit

sans réserve à sa disposition tous les
biens de feu le comte de Sombeuilles.
Prudente à l'excès, madame Saint-
Elme eut l'art de n'approcher de
Paris qu'un assez grand nombre d'années après mon naufrage et mon prétendu décès; et lorsqu'elle finit par
juger qu'elle pouvait se montrer à
quelques personnes de ma famille, ce
fut encore avec tant de précautions,
de déguisement, ne faisant pénétrer
alors dans son appartement qu'une
demi-teinte de jour très-équivoque,
que le jugement de mes parens tout
à fait déçu, ne soupçonna même jamais l'imposture.

Jusque là le Ciel même semblait
favoriser les succès du crime, et le
bonheur d'une infâme faussaire accu-
sait tacitement le pouvoir et la pénétration de Thémis : honorée, puis-

camment riche , s'étant substituée à
tous mes titres, possesseur d'un enfant
mâle , je veux dire Adolphe Saint-
Elme , qui ne lui laissait craindre aucune espèce de procès ni de contesta-
tions sur la jouissance de ses biens
usurpés , madame Saint-Elme mois-
sonnait, pour ainsi dire , toutes les
prospérités de la vie au sein des plus
lâches délits , et paraissait avoir dérobé
les balances de la justice. Saint-Elme ,
qu'elle avait politiquement éloigné
d'elle , faisait ses études dans une des
premières universités de France; beaucoup de nos parens étaient morts,
surtout ma mère , d'un grand âge et re-
léguée au fond de la Provence dans
un château ; et la nuit du tombeau ne
faisait que favoriser par ces nouveaux
voiles le charlatanisme coupable de
la perfide.

Quel étonnement n'éprouvâmes-
nous pas à cette première partie de la
narration si intéressante de ma mère !
Le moindre bruit, une porte indiscrè-
tement ouverte par un laquais, nous
causait à tous la plus vive, la plus douloureuse impatience ; cependant ce
même récit, il fallut souvent l'interrompre : se prolongeant quelquefois
trop avant dans la nuit, ne devions-
nous pas tous accorder au sommeil ses
droits alors devenus tyranniques ? —
Pour moi, pour mon frère, Nathalia et
le marquis, nous nous serions imposé
de bon cœur les plus grandes privations
pour jouir, d'un seul trait, des aventures extraordinaires de la veuve du
comte de Sombeuilles; St-Elme, surtout, reconnaissait comme dans une
glace les premiers événemens de son
enfance, ensuite de son adolescence; se

rappelait parfaitement l'invincible répugnance que lui avait inspirée cette
adroite marâtre , et les corrections
atroces et trop fréquentes qu'il avait
reçues de cette femme , pour taire
certaines particularités de ses premiers
ans , ayant ordre de ne parler que des
contes ingénieux qui fortifiaient l'erreur si nécessaire à ses intérêts. Enfin ,
réunis tous un matin sous le grand
bosquet du jardin , ma mère reprit son
discours en ces termes :

Ce nom de Saint-Elme , dit-elle ,
n'était pas en effet celui de mon fils ;
mais , par une cohérence fatale , nous
avons près Montpellier une terre sous
cette dénomination , et toute la famille crut que mon idée avait été de
donner ce titre à mon cher Adolphe ,
à cause de la prédilection toute par-
ticulière q'on m'avait toujours re-

connue pour cette propriété. — Quel
funeste concours de vraisemblances !
s'écria la comtesse de Damarsan. —
Oh ! ne vous en étonnez pas tant , ma
chère nièce , reprit ma mère , le re-
cueil des Causes célèbres vous fourni-
rait abondamment de cette nature de
crimes et d'intrigues ; et l'histoire si fa-
meuse de la fausse marquise du Gange
ne peut plus laisser admettre aucune
espèce de doute et d'incrédulité sur
ce nouveau genre de vols et de spolia-
tions. Ainsi, continua l'illustre infortunée, le ciel, non content de m'avoir
enlevé mon époux et mes enfans, me
destinait donc encore à toutes les horreurs de la misère, à voir une heureuse
scélérate en possession , consacrée par
le temps et même les lois, de mon
propre nom, de mon rang et de tous
mes biens !!! .

Enfin, le terme de ma pénible captivité étant expiré, et ayant payé ma
rançon au moyen de la valeur de quelques précieux diamans que je portais
sur moi lors de la tempête qui nous
assaillit, je mis le pied sur les rives de la
France, aidée en cela de la protection
du consul français dont j'ai déjà parlé:
plutôt l'espoir de vous retrouver un
jour, mes chers enfans, que l'ambition des richesses, me fit voler aux
lieux de mes propriétés. Quelle fut ma
surprise lorsqu'on m'apprit que *la
véritable* veuve du comte de Sombreuilles, depuis un assez grand nombre d'années, avait fait valoir ses
droits ! je demandai du moins à voir,
à serrer dans mes bras mon fils : je
cours donc au collége de Montpellier
où l'on me dit qu'il était placé ; mais,
cher Adolphe, dit la comtesse en

tournant ses beaux yeux vers mon
frère, vous aviez déjà eu cette malheureuse affaire, ce duel si malencontreux
pour moi, dans lequel votre adversaire
avait succombé; obligé de fuir. ainsi
que vous l'avez dit à Cadix, lors de
vos premières entrevues avec Delphine, vous m'aviez enlevé par votre
absence la preuve la plus forte, la plus
éloquente de mes droits. Je sus depuis
que ce même duel vous avait été su-
cité par mon ennemie, à force d'or;
et qu'elle avait espéré que vous y suc-
comberiez. Sa prudente cruauté fut
trompée en cela; mais les événemens
ne laissèrent pas de la servir, puisque,
vainqueur du crime, vous n'en fûtes
pas moins obligé de quitter votre patrie. Votre fuite me jeta, sous tous
les rapports, dans le plus grand désespoir. La base sur laquelle j'avais

établi toutes mes espérances, s'écroulait par votre départ : désormais, me disais-je désespérée, je ne jouerai plus dans mes légitimes réclamations, que le rôle d'une impudente intrigante, sans titres, sans fortune, et conséquemment sans crédit !!... Cependant je ne perdis pas entièrement courage, et partant pour Paris, j'allai promptement y consulter un des plus célèbres avocats ; je lui fis un récit minutieux de toute ma vie. Quelle sagacité ! quelle profonde connaissance du monde, et surtout du cœur humain, M. Daligny (c'est le nom de cet avocat) ne me témoigna-t-il pas dans cette circonstance ! il sut lire aussitôt la vérité dans mon regard, dans mon accent, dans mon geste, et ouvrit dès le jour même le procès le plus intéressant qui ait jamais retenti dans les

salles du Palais de Justice. Ma partie
adverse, puissamment riche de mes
propres dépouilles, paraissait invincible; les années s'écoulaient dans les
plus douloureuses incertitudes ; j'a-
vais cependant confondu mon criminel
Sosie dans maintes confrontations,
je l'avais écrasé du poids de la vérité,
et surtout de l'éloquence maternelle ;
et pourtant la cause ne se jugeait pas,
lorsque Dieu, las de me persécuter,
mit à deux doigts du tombeau l'infâme
Saint-Elme : dans ce moment redoutable, elle perdit probablement la
ténacité de ses forfaits; la voix salu-
taire des remords se fit entendre,
quoique si tardivement, et me faisant
appeler à son lit de mort avec mon
avocat, elle déclara devant le sien la
trame de toutes ses impostures, me
demanda pardon et expira; ce bon-

heur était sans doute inespéré, après
tant de tentatives inutiles. Mon premier soin fut de récompenser généreusement mon avocat, ensuite de faire
chercher dans les Espagnes, où je n'i-
norais pas qu'il s'était enfui, mon cher
Adolphe, en l'assurant par la plume
d'un tiers, que sa mère, *madame St-
E'me*, était morte, et qu'il pouvait
rentrer en France, à l'effet d'y recueillir son héritage, puisque, d'un
autre côté, le jugement de son duel
était tout à fait purgé : ce furent ces
mêmes lettres qui vous revinrent de
la Péninsule à Bordeaux, et vous au-
torisaient en apparence à vous marier.
Ces tendres soins pris, après être ren-
trés, à la face de la France et des tri-
bunaux confondus d'admiration et
d'étonnement, dans tous mes titres
de veuve du comte de Sombeuilles et

tous mes biens , je jugeai devoir m'installer à Bordeaux , dans cet hôtel que
j'y possède , me flattant d'être là plus
à portée de suivre la trace des moindres lueurs qui pourraient briller sur
le sort de mon fils ; car pour vous ,
Delphine , je l'avoue , me dit la comtesse en me regardant avec la plus
vive émotion , je n'espérais pas que le
ciel daignerait faire un second miracle
en ma faveur. J'arrivai donc à Bordeaux
avec le plus grand train, afin de répandre
de toutes parts le bruit de ma présence
et de mes recherches sur vous : malheureusement j'avais été invitée à passer quelques jours à un château distant
de quelques lieues d'ici , lorsque votre
aventure romanesque de l'Eglise Saint-
Paul devint le sujet de toutes les conversations. Avide de saisir les moindres rapports , je n'eusse pas manqué

alors de m'emparer de toutes les particularités de cet événement ; mais
l'heure de ma félicité ne devait pas
encore sonner : j'attendais donc des
nouvelles de Julien, que j'avais dépêché, comme vous le savez, à Malaga,
lorsqu'un tissu des plus aimables incidens vint placer mes deux enfans
sous le même toît, et encore, pour
comble de bonheur, près du toît maternel....

Vos cœurs sont-ils maintenant satisfaits, nous dit la comtesse , ainsi
que votre curiosité ? — Vos sentimens formeraient-ils encore quelque
vœu ? — Ah ! s'écria-t-elle, dans un
élan enchanteur, s'il ne fallait que
mon sang !!. Femme adorable , mère
chérie, s'écria à son tour Adolphe, en
se précipitant aux genoux de la comtesse , nous vous consacrons notre

existence, elle n'aura de charmes pour
nous, qu'autant que vous serez sensible à notre éternel amour !!!...

Il nous restait à connaître les causes
du lien de parenté qui existait entre
nous et la comtesse de Damarsan,
ainsi que les inductions du marquis
de Santa-Colomba, qui avait vu presque
de suite mon frère dans mon premier
amant; nous fûmes bientôt encore
éclairés à cet égard. Ce fut donc ici
que le marquis de Santa-Colomba,
entrant en scène, saisit avec ardeur
cette nouvelle occasion de faire parler
ses feux, et de prouver sa fidélité héroïque; ce fut, dis-je, ici que rappe-
lant avec orgueil les traits *de génie* de
son amour, il avait à la première vue,
nous dit-il, adoré en moi une inconnue,
nue, exposé sa vie sous mes yeux à
las Corridas de Séville, pour me

prouver ce dont serait capable dans le
danger un cœur épris de mes attraits.
Apprenant par la suite que je n'étais
qu'une orpheline sans fortune, il avait
puisé au contraire dans cette découverte de nouveaux motifs d'accroître
sa passion ; le monde entier et toutes
ses félicités, se disait-il, étaient pour
lui sur le front charmant de la belle Clémentina. Il voyait *du destin* dans son
amour, et du moment qu'il m'aperçut,
il ne connut pas d'obstacles pour me
posséder. La suite l'avait bien prouvé,
et je ne dissimulerai pas au lecteur,
que rendant justice alors à la constance
hardie et ingénieuse du marquis, je
l'accueillais de plus en plus dans ma
pensée et mes sentimens. Un heureux
échange s'était donc insensiblement
opéré dans mon cœur ; si je chérissais
mon frère, *j'aimais* beaucoup aussi le

marquis ; l'amour et la tendresse fraternelle enfin avaient fait entr'eux le
plus doux accommodement , et toutes
nos passions étaient rentrées dans les
bornes d'une douce légitimité. Saint-
Elme de son côté, à la vue de Nathalia,
prenait tous les jours plus d'inclination
pour cette aimable fille , et la plus
riante perspective s'ouvrait devant nos
yeux.

Santa - Colomba nous donna une
haute idée de sa pénétration , en nous
apprenant ses talens dans la connaissance de la physionomie qu'il avait
long-temps étudiée dans *Aristophane,
Lawater,* et *Labruyère.* Aussitôt qu'il
vit St-Elme, certains linéamens de son
visage qu'il nous fit remarquer avec une
loupe, les muscles cutanés de la bouche, le jeu et le mouvement des yeux ,
qui étaient absolument les miens , ne
lui avaient pas laissé douter un instant ,

que nous ne fussions unis par les liens
ineffaçables du sang ; ensuite, cette
conformité d'origine, cette attrac-
tion de causes invisibles qui nous
avait rassemblés d'une manière si romanesque ; l'*instinct* même de ma
vertu qui avait résisté, comme par
pressentiment, aux plus séduisantes
épreuves ; plus, l'analogie de nos
aventures ; tout enfin lui avait fait
pressentir en nous deux parens très-
proches : d'ailleurs, il ne nous dis-
simula pas que son épée et sa jalousie,
à défaut de ces fortes conjectures,
eussent été d'éternels obstacles à notre
union. — Je me permis de rire un
peu aux dépens du marquis, de ses
systèmes de divination, qui sentaient
un peu la Bohémienne, mais je n'en
aimais pas moins ce cher prophète
qui avait prédit mon bonheur dans

ses calculs et ses inductions bizarres.

La comtesse, ma mère, allait nous instruire des rapports authentiques de la parenté qui existait entre nous et la comtesse de Damarsan, lorsque des architectes vinrent me demander mes ordres pour une nouvelle fête que j'avais projetée ; nous fûmes donc encore une fois interrompus dans nos affectueuses narrations : « D'ailleurs, » m'écriai-je avec un tendre badinage, » que nous importent désormais ces » froids et méthodiques éclaircisse-» mens ? Oui, nous sommes tous » parens, nous ne formons qu'une « seule et même famille ! » Puis, pro-diguant mes baisers à toutes ces chères amies, je déclarai d'un ton enjoué, que nous n'avions désormais point d'affaire plus importante que nos plaisirs ; de là, passant un bras autour

de la taille de la comtesse de Damarsan : « Venez , lui dis-je , ma chère
» tante , quelque titre que le sort
» puisse vous donner vis-à-vis de
» nous, vous ne nous serez jamais plus
» chère. »

Délia, Nathalia, ne manquaient
jamais de s'unir à nos jeux , à nos
caresses, et partout, et chaque jour,
les couleurs de la folie et du plaisir
avaient remplacé les teintes sombres
de l'adversité et de l'inquiétude. Nous
passâmes donc encore quelques semaines dans tous les divertissemens
imaginables : ma mère s'amusait beaucoup de mes goûts *orientaux ;* car ,
soit dans ma toilette, soit dans la disposition de mes fêtes improvisées, ou
bien encore mes vives expressions mé-
taphoriques , il y avait toujours une
nuance *asiatique.* Eh bien ! disais-je
en riant à la comtesse , c'est à vos *fan-*

taisies maternelles, que je dois tout cela : pouvez-vous en conscience me le reprocher ?...

Au milieu de ce brillant tumulte, je me dois cette justice, que jamais mes exercices de dévotion, mes aumônes ne furent interrompus ; au contraire, ma bienfaisance, ma sensibilité pour les malheureux, croissaient avec ma fortune, et je pénétrais dans les asiles les plus hideux de l'indigence, pour y secourir le malheur. — C'est ainsi qu'on rend grâces à Dieu de ses bienfaits. — Le nouvel éclat de ma position ne m'avait pas fait perdre le souvenir des services éminens que m'avaient rendus mon cher docteur de Cadix, et don Juan Mathias. Je leur avais, à la vérité, déjà envoyé à chacun une somme de mille louis ; mais par ces dons, je ne faisais qu'acquitter

strictement la dette de l'honneur ; mes
sentimens restaient muets, et n'étaient
nullement satisfaits dans cette conduite, où je ne remplissais qu'un devoir rigoureux. Je m'empressai donc
de contenter les plus vifs désirs de
mon cœur en faisant d'abord peindre
pour le curé, mon naufrage sur le rivage de Carcassona, tel qu'il eut lieu,
et que j'y fus recueillie dans mon enfance. Cette peinture, enrichie des
plus beaux diamans, était parfaitement placée sur une belle tabatière en
or émaillé; don Juan Mathias fut donc
enchanté, fut touché jusqu'aux larmes,
de ce nouveau présent ; la tabatière
était en outre pleine de pièces d'or
d'Espagne. Je m'étais bien atten-
due à ses refus pleins de délicatesse ; les lettres que je reçus de ce
vertueux pasteur, sur ce don, étaient
remplies de tendres reproches sur ce

qu'il appelait ma prodigalité excessive, mais il fallut bien qu'il obéît. Je lui avais également communiqué tous les détails de mon nouveau bonheur, de la reconnaissance vraiment miraculeuse de ma mère, et sa joie avait égalé sa surprise.

Quant au docteur, ma mère et moi nous le forçâmes d'accepter de riches présens qu'il reçut de la part même de son épouse et de sa fille, que nous avions engagées à se charger de cette agréable commission. La santé de dona Angélina était tout à fait rétablie, ainsi le courrier qu'il reçut de Bordeaux ne pouvait rien laisser désirer à sa satisfaction. Antolina, ma chère et sensible Antolina, ne fut pas plus oubliée que dona Isabella : cette première surtout, errait trop délicieusement dans mes souvenirs avec les deux tourterelles, la rose, la flèche et la

branche de myrte, pour cesser un moment d'être présente à ma pensée : je
lui adressai donc, par la médiation de
la comtesse de Damarsan, de superbes étoffes de France, mon portrait
sur une riche bonbonnière, et deux
colombes parfaitememt empaillées,
dont les yeux étaient imités en pierres
précieuses. Ces dons étaient sans doute
un peu mondains pour une novice ;
mais comme je n'ignorais point qu'elle
ne voulait pas prononcer ses vœux, je
ne pouvais manquer de lui plaire, en
lui faisant des présens qui lui se-
raient agréables dans le monde où elle
se proposait de rentrer. Toutes ces
dispositions faites, le marin Julien,
également récompensé, il ne fut plus
question que de partir pour Paris, d'a-
bord pour y jouir sans réserve de toutes
les délices de cette célèbre capitale,

ensuite pour couronner notre amour
des fleurs d'un triple hyménée. La comtesse, ma mère, applaudissait d'autant
plus à ce charmant dessein , qu'elle
voulait unir Délia à l'homme de talent,
au généreux avocat, Monsieur Daligny,
qui avait plaidé ses intérêts avec tant
de chaleur et de succès. Le marquis
de Santa - Colomba , riche héritier
d'Andalousie , sans parens depuis
plusieurs années , était entièrement
libre; nous fixâmes donc notre départ
général au premier mai 180* ; l'intendant de ma mère eut ordre de disposer toutes les voitures de voyage pour
ce jour , et ceux qui s'écoulèrent jusqu'à celui-là , ne formèrent qu'une
chaîne de plaisirs et d'agrémens. Le
matin , par exemple , c'était le moment des promenades sentimentales
dans les beaux jardins de ma mère ,

des rêveries délicieuses dans le parc.
Si nous nous amusions quelquefois à
folâtrer, à semer de fleurs le parvis du
Temple de Flore , qui y étoit érigé en
superbes colonnes de marbre blanc
jaspé d'azur , nous ne nous y arrêtions
qu'un instant , pour retourner de préférence à *la statue de l'Amour*. Avant
d'avoir retrouvé ma mère , je m'arrê-
tais souvent à la *Chapelle de Mnémo-
sine* ; j'y avais même tracé sur le lam-
bris ce passage de Virgile , qui , alors ,
avait tant d'analogie avec ma situation :

« Ainsi de nos bosquets la rose matinale ,
» Que cueille avant l'aurore une main virginale ,
» Pour en parer son sein ou l'or de ses cheveux ,
» D'un reste de beauté brille encor à nos yeux :
» Mais du *sol maternel* une fois séparée ,
« Sa feuille se flétrit et meurt décolorée… »

Mais laisser ces vers, maintenant que
j'étais comblée des faveurs du sort , et

que j'étais si agréablement dans la possession du *sol maternel*, n'eût-ce pas
été une ingratitude de ma part? Nous
allâmes donc toutes dans l'ordre d'un
chœur de Prêtresses grecques, effacer en triomphe ces caractères in-
convenans *de mon impiété.*

Le marquis nous dirigea adroitement vers *le bosquet du Silence*, dont
la statue, un doigt sur la bouche, était
artistement couronnée d'une coupole
en marbre noir; nous lûmes aussitôt
ce charmant morceau de poésie, tracé
de la main de Santa-Colomba; il ne
nous avait pas guidés sans intention de
ce côté :

« Que l'amant qui devient heureux,
» En devienne encor plus fidèle ;
» Que toujours dans les mêmes nœuds
» Il trouve une douceur nouvelle ;

» Que les soupirs et les langueurs,
» Puissent seuls fléchir les rigueurs
» De la beauté la plus sévère ;
» Que l'amant comblé de faveurs
» Sache les goûter et se taire. »

Un coup-d'œil de bonté, que je
crus devoir donner par reconnaissance
au marquis, lui apprit que j'aimais
de préférence un poète, un amant dis-
cret. Nous eûmes grand soin, par
exemple, d'éviter *le cabinet des Réflexions ;* la méditation sérieuse n'était
pas du tout ce qui convenait à nos esprits. Beaucoup de grains d'aimable
folie, infusés dans la coupe du plaisir,
tel était le régime que l'amour et le
bonheur nous avaient prescrit. St-Elme
n'avait que trop souvent visité ce mélancolique cabinet dans les premiers
temps de douleur que Nathalia n'avait
pas encore dissipés par sa présence ;

on n'y lisait que des sentences affligeantes, telles que :

*L'espérance est le songe d'un homme
éveillé.*

---

*La vie court comme un char rapide : dans
peu, nous ne serons plus qu'un peu de pous-
sière.*

Ensuite cette pensée affreuse d'un
trop célèbre suicide anglais :

» Sherlok, je doute encore, et je vais m'éclaircir. »

Fuyons ces tristes images, m'écriai-
je la première ! et dirigeant la troupe
joyeuse vers un banc circulaire de
gazon, après mille propos enjoués,
nous invitâmes la comtesse de Damarsan, ma chère et belle tante, à nous
raconter les premiers traits de sa vie,

puisque ma mère , avec laquelle elle
avait eu de fréquens entretiens,
l'avait convaincue de son degré de
parenté avec nous. Ce récit eut lieu
à travers tant d'affectueux badinages ,
de folles interruptions, qu'il faut toute
ma présence d'esprit pour l'ébaucher
avec clarté sous les yeux du lecteur.

Je reprendrai les faits qui concer-
nent la comtesse de Damarsan, à l'é-
poque de la première narration qu'elle
me fit elle-même au couvent de *Las
Salesas* , à Madrid ; et à cet à propos,
on se rappellera promptement les premières vraisemblances qu'on pouvait
admettre, sans tomber dans le goût du
merveilleux et de l'impossible , que
j'étais sa fille : même départ de France;
embarcation pour les îles, à peu près
aux mêmes époques, un naufrage
affreux ; un époux, une fille chérie

qu'elle y avait perdus ; rapport exact
de temps , d'âges et de lieux. Tant de
fausses lumières réunies dans un seul
jour, pouvaient bien facilement égarer l'amour d'une mère avide elle-
même d'accueillir de si chères erreurs.
Mais la comtesse de Damarsan s'était
réellement trompée dans ses calculs
elle avait effectivement épousé à l'âge
de quinze ans, le comte de Damarsan,
frère de feu mon père , le comte de
Sombeuilles; elle s'était en effet embarquée pour la Guadeloupe avec son mari,
possédant dans cette île de gran les richesses; mais la mort de son époux ,
ainsi que celle de son enfant ne paraissait que trop confirmée par l'autorité
même du temps , qui jusqu'alors
n'avait voulu faire paraître aucun débris de ce terrible désastre. D'ailleurs
plus la comtesse de Damarsan entrait

dans de minutieux détails de circonstances à cet égard, plus elle s'éloignait
des probabilités que j'eusse pu être
sa fille.

Que de fois je me vis prête à l'interrompre moi-même dans son récit,
lorsqu'elle nous exprimait si passionnément toutes les conjectures enchan-
teresses qu'elle avait tirées de mon
séjour près de son appartement à
Madrid!... — Je n'avais *qu'un mot* à
dire, pensai-je alors, pour faire évanouir ces fausses illusions; mais *ce mot*
faisait toute mon infortune; et comme
ce courageux Athénien qui se laissa
dévorer les entrailles par un renard,
plutôt que d'avouer son délit, j'aurais
enduré tous les supplices imaginables
avant de me décéler la première aux
yeux d'une étrangère, et enfin, mon
secret serait resté vierge en Espagne,

sans les infâmes révélations de Marcellina. Ma chère tante nous expliqua
certaines obscurités que ma mère l'a-
vait aidée à pénétrer, au moyen des
papiers trouvés dans le coffre ; c'est-à-
dire que ce comte de Damarson, (nom
de terre), brouillé avec feu le comte
de Sombeuilles depuis nombre d'années, avait reçu son éducation dans un
collége très-éloigné. Son union avec
Mademoiselle *Julie de Sérédun* (c'é-
tait le nom de fille et de famille de
ma tante) avait eu lieu sans que ma
mère connût alors sa belle-sœur ; la
division des intérêts, l'inimitié qui
avait toujours existé entre ces deux
frères, les carrières diverses qu'ils
parcoururent l'un et l'autre, toujours
séparément, et la mort prématurée
des plus proches parens de la comtesse
ma mère, tout avait épaissi la nuit qui

régnait sur cette partie de ma famille,
sous le double rapport des affections
fraternelles et des degrés d'alliance.
Depuis long-temps on ne se corres-
pondait plus que pour des intérêts
d'absolue nécessité, et tous les liens
du sang avaient été en définitif sa-
crifiés aux cruelles spéculations d'une
haine devenue comme héréditaire et
d'une ambition jalouse.

Etrangers à tous ces souvenirs douloureux, avec quel plaisir nous assu-
rions la comtesse de Damarsan que
nous n'aurions pas d'autre bonheur
que de réparer le tort qu'aurait pu lui
faire l'animosité de feu son époux,
ainsi que celle de mon père ! — Sa
fortune avait beaucoup souffert, d'a-
bord par son naufrage, ensuite par
l'impossibilité où elle s'était trouvée
de poursuivre son héritage, à cause

de la perte des papiers les plus im-
portans. Nous l'assurâmes que nous
irions nous-mêmes à la recherche de
tous les renseignemens, si ceux que
nous puisions déjà pour ses intérêts,
dans *le coffre merveilleux*, ne suffi-
saient pas à la réhabiliter dans tous ses
biens. En outre, le marquis, qui avait
interrompu quelquefois notre dialogue, pour faire connaître les causes de
son titre de neveu de la comtesse,
ajouta à nos promesses les preuves de
la plus grande générosité vis-à-vis sa
tante.

Notre opulence ainsi cimentée de
toutes parts sous les auspices de notre
mutuelle tendresse, il ne nous restait
plus qu'à serrer des nœuds qui devaient
combler notre bonheur; mais Bordeaux ayant été pour moi le théâtre
de beaucoup de catastrophes dans le

commencement du séjour que j'y fis,
je préférai, en suivant d'ailleurs les
inclinations mêmes de la comtesse
de Sombeuilles, partir pour Paris,
nous proposant de nous diriger tous
ensuite sur la terre de Saint-Elme,
près Montpellier, pour y disposer les
alliances sous ce brillant climat, qui
semblait promettre à mon imagination
enchantée des jours aussi purs que
son ciel.

Toutes les voitures de voyage, ber-
lines, chaises de poste, étant disposées,
nous partîmes donc de Bordeaux pour
Paris le 1er. de mai 180*, jour fixé,
comme je l'ai déjà dit au lecteur. La
disposition des illustres voyageurs
dans leurs équipages, fut conforme,
on peut bien se l'imaginer, à leurs
sentimens. J'étais avec ma mère, et
le marquis vis-à-vis de moi; que pou-

vais-je désirer de plus? — Nathalia et
sa maman occupaient la seconde voiture avec Saint-Elme; la comtesse de
Damarsan et Délia dans une calèche,
accompagnées de nos femmes; et
dans les voitures de suite, Julien, le
précieux marin qui n'avait pas voulu
nous quitter : j'étais donc délicieusement investie de tous les objets nécessaires à mon bonheur. Consacrons
maintenant au chapitre suivant un
nouveau genre de félicité et de plaisir.

_____

CHAPITRE XII,

ET DERNIER.

Départ général pour Paris. — Bals, fêtes, spectacles. — Les noces ont lieu à la terre de Saint-Elme. — Tableau de bonheur, et vertu récompensée.

M<small>ALGRÉ</small> que nous eussions dans la plus agréable perspective le tableau d'un bonheur aussi sûr que prochain, et que de mon côté, mon union décidée avec le marquis absorbât toutes mes pensées, je ne fus pas insensible aux charmes de la nature, en traversant *le jardin de la France*, la Touraine, pays délicieux, semé de fruits, émaillé de fleurs, offrant dans une riche confusion, et comme dans la même corbeille, les parfums de Flore, les pampres de Bacchus, les fruits de Pomone, et les dons de Cérès. Ce spectacle, vraiment enchanteur, dans la saison où nous en jouissions, doublait encore de prix sous la palette brillante de Santa-Colomba, qui, d'un style castillan, nous faisait les plus pompeuses descriptions champêtres. Nous ne manquâmes pas en traversant la Loire, de payer un juste tribut d'admiration à ses rives opulentes; et enfin nous descendîmes par Versailles dans les gouffres d'un enfer connu, je veux dire Paris.

En mettant le pied dans ses appartemens, à l'hôtel qu'elle possédait rue de l'Université, faubourg Saint-Germain, la comtesse ma mère ne put retenir ses larmes : tant de souvenirs

touchans s'y adressaient à son cœur, à
son âme !... Moi-même, je ne pus arrêter mes pleurs ! il me semblait toucher mon berceau ; l'ombre de mon
père me paraissait respirer dans tous
les objets, dans tous les lieux.... Eh !
n'avais-je pas déjà son portrait en pied
sous les yeux dans le sallon de com-
pagnie ?... le mien même frappa délicieusement ma vue ; il n'était pas en
pied, le mien ; pourquoi donc, demandai-je aussitôt avec humiliation
à la comtesse, le peintre ne m'a-t-il
représentée que jusqu'au buste ? —
Fatal ambassadeur ! pensai-je, tu n'es
venu en Europe que pour jeter de la
bizarrerie et de la honte sur toutes
mes destinées.....

Nous avions besoin de repos ; ainsi,
lorsque nos appartemens nous furent
assignés par la comtesse qui connais-

sait naturellement toutes les localités de l'hôtel comme celles de son pays natal, après un repas fait à la hâte, nous nous retirâmes chacun dans nos chambres. Elles étaient toutes divisées par couleurs ; cette division avait été faite par la comtesse dans le temps qu'elle était enceinte de moi : cette grossesse avait donc donné lieu à de bien singuliers caprices !

J'eus l'appartement du *Lys*, le marquis celui *Lilas* ; Nathalia et sa mère allèrent dans l'appartement *Nacarat* ; la comtesse de Damarsan occupa le cabinet dit *le Pavillon de Roses* ; Délia fut logée près la comtesse de Sombeuilles, dans un boudoir nommé *le Bouquet de violette* ; et Saint-Elme, enfin, habita l'appartement *Vert tendre*. Quant à la retraite de la comtesse ma mère, ce fut quel-

que temps pour la curieuse Clémentine
un mystère impénétrable ; pendant
quelques semaines, elle ne consentit
jamais qu'on l'y troublât ; ayant attention de s'y enfermer soigneusement , son appartement me parut un
autel que mon respect filial devait bien
se garder de troubler. J'adorais trop
ma mère , pour avoir l'indiscrétion de
la contrarier en la moindre chose ; non
que je ne souffrisse beaucoup au fond
de l'âme de ne pas respirer le même
air que la comtesse , et de ne l'avoir
pas incessamment sous mes yeux ;
j'en ressentais quelquefois le plus
violent dépit, et j'éprouvais à cet
égard le plus grand désir de connaître
ce lieu dont l'approche était défendue
même à la fille de la maison ; mais
quelques démarches que j'eusse faites
pour entrevoir l'intérieur de cette Thé-

baïde, elles avaient été inutiles ; la comtesse ne recevait que dans un autre de ses appartemens ; ainsi, il fallut remettre au temps des révélations, ce que la tendresse d'une mère refusait à mon ardente curiosité. J'avais cru un moment que l'intendant, qui, parti de Bordeaux avant nous pour disposer l'hôtel à nous recevoir, pourrait m'instruire de quelques détails, mais les clefs du mystérieux séjour ne lui avaient point été remises, c'était les seules que la comtesse avait gardées avec elle. En vérité, je me perdais à cet égard en fausses conjectures, et malgré que nous ne cessions tous de nous livrer sans réserve à tous les plaisirs, à tout le luxe de la capitale, et que la tendresse du marquis éclatât chaque jour par de nouvelles marques de tendresse et de galanterie, mes

esprits inquiets me ramenaient chaque
soir au temple secret que l'originalité
de ma mère s'était créé parmi nous.
— « Qu'y a-t-il donc de si précieux
» dans ce réduit sacré, dont l'entrée
» est interdite même à Clémentina?...
» Cependant, me disais-je encore, ma
» mère n'est pas superstitieuse; ani-
» mée d'une sage piété, sa religion
» n'a jamais dégénéré en fanatisme. »
Saint-Elme, Nathalia, la belle comtesse de Damarsan et dona Angelina
partageaient également mes inquiétudes; Délia seule nous parut moins
curieuse; la raison en était toute
simple, ma mère lui avait tout appris
lors de son séjour à Bordeaux : nous
nous mîmes donc à la presser tendrement de satisfaire notre curiosité;
mais Délia, digne d'être la confidente
de la comtesse de Sombeuilles, ne

voulut jamais consentir à nous éclairer
sur cet objet. N'obtenant rien de ce
côté, je jetai les yeux sur le marquis :
« Voilà, lui dis-je, devant notre petit
» comité assemblé, une belle occa-
» sion de faire preuve de cette péné-
» tration, de cet art profond et pro-
» phétique que vous avez montrés à
» Madrid et à Bordeaux ! Allons, mar-
» quis, je deviens entièrement votre
» prosélyte, je prônerai la première
» votre génie merveilleux, si vous par-
» venez à nous apprendre quelles sont
» les choses mystérieuses qui font l'ob-
» jet du culte secret de la veuve du
» comte de Sombeuilles ; et comme
» il faut placer dans tout un point
» d'émulation, vos révélations seront
» suivies du don de mon portrait et de
» mes cheveux. »

Le marquis avoua ici toute l'insuf-

fisance de sa magie et de ses connaissances en physique ; et malgré le haut ·
prix que je mettais à ses découvertes,
il parut craindre d'échouer dans ses
entreprises. D'abord, observa-t-il, la
rotonde dans laquelle il avait calculé
que ma mère se renfermait souvent,
était entourée de toutes parts de mu-
railles très-épaisses, la lumière naturelle du jour n'y pénétrait jamais ; et
d'après les démarches (à des heures
fixes de nuit) de la comtesse, il était
bien persuadé déjà qu'elle n'y restait
qu'aux bougies. Si encore, réfléchissait le marquis, la moindre ouverture
avait donn au-dehors, au moyen de
miroirs réfléchisseurs pratiqués dans
une maison voisine, j'aurais pu parvenir peut-être à entrevoir quelque
légère partie du tout, ce qui m'aurait
puissamment aidé à éclaircir le mys-

tère ; mais toutes ces obscurités sont trop épaisses, et ce ne serait plus que dans la physionomie de la comtesse que je pourrais lire son secret.

En effet, Santa-Colomba se mit à observer ma mère pendant plusieurs jours, après lesquels il nous déclara d'un air de triomphe que le portrait de *la belle Delphine* (ce fut son expression) lui était dû, d'après mes propres conventions. — Expliquez-vous auparavant, marquis, lui dis-je.

Lorsque nous fûmes donc secrètement tous réunis dans l'appartement *Lilas*, Santa-Colomba nous assura que nous étions bien plus près de l'Asie que nous ne nous l'imaginions ; et interpellant à cet égard Délia présente, il lui fit promettre que, s'il ne s'était pas trompé dans toutes ses hypothèses et ses calculs de probabilités, elle

avouerait qu'il avait rencontré la vérité. Il nous expliqua donc très-ingé-
nieusement que, d'après les goûts
orientaux qu'il avait remarqués dans
le caractère de la comtesse, il lui
avait supposé un penchant irrésistible
à s'entourer, à récréer son esprit de
tout ce qui lui rappellerait agréablement la chimère de son imagination ;
il ne doutait donc pas que cette retraite, qu'elle avait jusqu'alors fermée
à notre curiosité, était quelque boudoir délicieux, enchanteur, où les
parfums de la Turquie brûlaient dans
de riches cassolettes, où des carreaux
de soie et d'or, somptueusement prodigués sur un sopha circulaire, invi-
taient la mollesse et la volupté aux
plus douces langueurs. Vingt lustres,
suspendus entre des colonnes de por-
phyre, éclairaient sans doute, conti-

nuait le marquis dans l'enthousiasme
de son imagination, cette scène enchanteresse, et un tableau magique,
placé dans le sanctuaire de ce temple,
y fascinait les yeux des plus séduisans
prestiges... — Eh bien! dis-je à Délia,
dois-je maintenant donner mes cheveux et mon portrait? — Oui, s'écria
l'aimable orpheline, le marquis, à
quelque chose près, a deviné l'énigme,
si ce n'est le tableau magique que
le marquis n'a pas su définir..... —
« Venez, venez, mes enfans, s'écria
» à son tour la comtesse de Sombeuil-
» les, qui nous avait écoutés à la porte;
» cessez de mettre votre esprit à la
» torture, vous pourriez d'ailleurs vous
» imaginer que quelque pensée indi-
» gne de ma vertu maîtrise ici mes
» inclinations, et je tiens trop à votre
» estime pour accréditer davantage

» votre erreur ou vos suppositions par
» une discrétion trop prolongée. » En
effet, la comtesse nous conduisit tous
dans son brillant réduit. Nous fûmes
éblouis, en y entrant, du luxe qui y
régnait, de la richesse des peintures,
des marbres, des cachemires les plus
beaux qui y servaient de tapis de pied,
et surtout de l'art ingénieux avec lequel les lumières artificielles y étaient
répandues : par exemple, de la voûte
et du centre de cet asile embaumé
partait un foyer de lumières dont on
ne pouvait nullement conjecturer la
source ; une musique délicieuse d'har-
monie se faisait entendre comme dans
un magique lointain, et remplissait
l'âme de vapeurs déliées et subtiles
qui disposaient à la plus agréable rêverie ; c'était comme un songe charmant qu'on ferait éveillé. Je pense

qu'il eût été impossible au cœur le
plus froid de rester insensible à toutes
ces puissantes émotions : la comtesse
nous invita à nous asseoir, et touchant
aussitôt un ressort secret, nous fûmes
frappés d'un nouveau théâtre, dont le
lecteur croirait à peine la possibilité,
s'il ne savait lui-même jusqu'à quel
point une imagination frappée peut se
livrer à de brillantes inventions. Enfin,
au travers de plusieurs gazes artistement disposées, un groupe de plusieurs
personnes, parfaitement imitées en
cire, s'offrait à la vue ; c'était d'a-
bord le comte de Sombreuilles, mon
père, très-richement mis ; une jolie
enfant de l'âge de trois ans (la pauvre
Clémentina), assise sur ses genoux,
recevait les caresses du comte ; Saint-
Elme, représenté dans l'âge de sept
ans, offrait ses grâces naïves dans ce

touchant tableau ; et l'ambassadeur de
Perse, en grand costume oriental ;
complétait cette scène. Je ne parlerai
pas de beaucoup de peintures allégoriques qui représentaient le trop fa-
meux naufrage, et donnaient en un
seul coup – d'œil, l'histoire de toutes
mes infortunes.

Je ne dissimulerai pas au lecteur les
douces agitations que je ressentis en
voyant les traits du bel Asiatique... je
respirais à peine : quelle noblesse ! je
crois que sans l'obstacle des gazes je
me serais précipitée à ses pieds......
Mais mon père.... je ne l'en adorais
pas moins... et j'avoue que les écarts
de mon imagination me faisaient donner la préférence au superbe Persan,

St-Elme, Nathalia, la comtesse, tous
enfin, nous éprouvions le plus violent
délire ; j'allais même, dans un mou-

vement spontané, me jeter sur le groupe chéri, lorsque le prestige s'évanouit au moment que j'approchais des objets de mes illusions. Ainsi Zémire détruisit le charme, quand Azor lui faisant voir sa famille, elle courut pour aller embrasser son père.

Enfin, nous nous retirâmes en silence; nos larmes, nos baisers furent nos seuls interprètes. Quelle langue aurait pu exprimer alors nos sentimens!...

Une douce mélancolie suivit pendant quelques jours cette surprise dramatique, après lesquels, reprenant tous l'air du bonheur et de l'espérance, nous nous livrâmes de nouveau à toutes les brillantes folies de Paris. Cependant le marquis ne laissa pas de presser ma mère sur notre union; les plaisirs du sentiment étaient plus chers

à son cœur que l'éclat des fêtes , des
parures et des bals , où il ne pouvait
me parler de son amour qu'à la dé-
robée ; moi-même je désirais ardem-
ment enchaîner ma destinée sous les
lois de l'hymen , et faire disparaître
tout à fait les infortunes de *Clémentina* sous les belles espérances de *la
marquise de Santa-Colomba*. Nous
nous résolûmes donc à partir pour la
terre de Saint - Elme , où , après les
préparatifs d'usage , je donnai la main
au plus aimable des époux. Saint-Elme
s'unit également à ma rivale de Cadix,
je veux dire la vive Nathalia ; et Délia ,
dotée par ma mère, rendit heureux
M. Daligny.

Décrire les nouvelles fêtes , les repas splendides , les feux d'artifice auxquels donnèrent lieu nos noces, ne
fixeraient que faiblement l'intérêt du

lecteur ; après de si fortes secousses,
on ne doit pas s'attendre à émouvoir
en n'offrant à l'esprit que des couleurs
d'une demi-teinte. Je passerai donc
rapidement sur tous ces détails, d'autant plus que les images de la félicité
ne produisent que des impressions
très secondaires, venant après des événemens d'un intérêt majeur ; je crois
seulement de mon devoir d'apprendre
au lecteur que je m'empressai, très-
peu de temps après mon mariage, de
faire ériger un superbe tombeau en
marbre, à la mémoire de feu le comte
de Sombeuilles. Ce monument fut
religieusement placé dans le milieu
d'un petit bois près le parc, et nous
nous y rendîmes souvent comme de
pieuses pélerines qui charment leur
douleur par l'expression de leurs sincères regrets.

Nathalia, ou plutôt la jeune comtesse de Sombeuilles, ainsi que madame Daligny, ne tardèrent pas à donner les plus flatteuses espérances à leurs époux déjà fiers d'une prompte postérité ; Clémentina seule était condamnée à donner l'image d'un éternel printemps qui ne produit que des fleurs, et n'a ni fruits, ni automne. Amour *sans but*, tendresse *sans résultat*, telle était ma situation pénible avec le marquis : mais combien le cœur d'une épouse, ingénieuse à multiplier les moyens de plaire à son époux, est fécond en ressources !!.... Attentive à ses moindres désirs, le marquis n'avait pas le temps de former un souhait. Sans cesse mon imagination, agréablement occupée du plaisir de lui causer quelque jolie surprise, arrangeait quelque fête, quelque spec-

tacle nouveau ; et pour de l'amour....
oh! je l'aimais avec la force réunie
des deux sexes. Si je cherchais donc
à le captiver en Française , je m'effor-
çais de lui prouver ma tendresse avec
l'exaltation d'une Persanne ; je le for-
çais ainsi d'être inconstant sans cesser
d'être fidèle , puisqu'il chérissait en
moi plusieurs êtres qui cependant
ne faisaient qu'une seule personne.
Voulait-il , par exemple , la société
enjouée ou érudite d'un aimable étour-
di ?.. Clémentina, reprenant ses habits
de Cadix , allait à la chasse , faisait des
armes avec son *ami :* Santa-Colomba
me montrait-il un front nébuleux ?..
aussitôt , me plaçant dans une *pose
romantique ,* à l'un des pavillons du
château , mise en intéressante Andalouse , je jetais dans ses esprits engour-
dis le sel piquant de la nouveauté ; je

l'appelais follement au mystérieux rendez-vous, ma guittare s'échappait de mes mains, et nous volions dans les bras l'un de l'autre, en riant aux larmes de nos tendres folies. Nos réunions tumultueuses, nos fêtes, venaient ensuite rompre l'uniformité de nos amusemens; je contrefaisais à ravir Marcellina, et donnais, dans ce rôle, des scènes très-comiques de paravent, à la société. Enfin, faisant consister mon bonheur à conserver l'attachement de mon époux, mon unique étude était de me créer en quelque sorte de nouveaux attraits dans la variété. Saint-Elme goûtait également une parfaite félicité dans les bras de mon amie, et nous avions ramené dans notre heureux cercle l'âge d'or si vanté. Quant à madame Daligny, elle nous avait quittés peu de temps après ses noces ; les affaires de son mari comme avocat, nécessitant impérieusement sa présence à Paris. Dona Angelina nous menaçait encore de nous quitter ; il était naturel qu'elle désirât revoir son époux après une assez longue absence, malgré que nous eussions reçu fréquemment des nouvelles de la Péninsule. Nous l'accompagnâmes donc jusqu'à la mer, à Marseille, où elle s'embarqua avec un des amis de don Anzelmo, qui était venu la chercher. Ce ne fut pas sans répandre beaucoup de larmes ; Nathalia surtout ne se consola que dans l'idée qu'elle reverrait bientôt sa tendre mère, ce que nous nous promîmes bien mutuellement. La comtesse de Damarsan ne tarda pas à se remarier avec un homme dont le moindre mérite était d'être d'une illustre nais-

sance; ma mère seule, d'ailleurs encore
très-belle, malgré les vives sollicitations
qui lui furent faites de contracter de
nouveaux liens, voulut toujours rester
fidèle à ses sermens. J'eus donc le
plaisir inexprimable de voir s'écouler
dans la paix et le bonheur les jours des
personnes qui m'étaient les plus chères
dans le monde ; de charmantes nièces,
de jolis neveux, augmentaient chaque
année le cercle de notre famille; et,
comme des débris d'un naufrage affreux qui m'avait frappée à l'aurore
de ma vie, renaissait autour de moi
un monde nouveau. J'avais, en outre,
entièrement effacé de mon esprit l'empreinte de mes pénibles idées; j'avais,
dis-je, reconquis sur moi-même ma
propre estime, parce que ma religion
rapportait tout à Dieu, et qu'il avait
daigné en quelque sorte me régéné-

rer : la sérénité était donc sur mon front, comme le calme dans mon âme; j'avais repris mon rang parmi mon sexe , et si parfois des impulsions semi-masculines venaient se glisser dans mes inclinations favorites , je les étouffais sous le joug de ma double vertu. Surtout je m'appliquais à faire du bien aux malheureux; rien ne triomphe d'une dangereuse mélancolie comme l'exercice de la bienfaisance. Nos années s'écoulaient donc délicieusement comme une eau limpide parmi des fleurs. Plus d'une fois nous allâmes revoir les Espagnes , et je me plaisais *à toucher au doigt* les lieux de mes premières adversités. Ainsi, au moment où j'écris, dans la plénitude du bonheur, après vingt ans de traverses, ma vie ne présentant plus au lecteur que les traits d'une douce uniformité,

je fermerai ici ces Mémoires, dans
lesquels on ne manquera pas de puiser
cette grande leçon : « QUE LA VERTU
» ET LA RÉSIGNATION AUX VOLONTÉS DU
» CIEL, TRIOMPHENT TOUJOURS DES PLUS
» GRANDES INFORTUNES. »

FIN DU TOME SECOND ET DERNIER.

TABLE
DES MATIÈRES

DU

TOME PREMIER.

FIN DE LA TABLE DU TOME PREMIER.

TABLE

DES MATIÈRES

DU

TOME SECOND.

FIN DU TOME SECOND ET DERNIER.

IMPRIMERIE DE J. MORONVAL.

www.ingramcontent.com/pod-product-compliance
Lightning Source LLC
Chambersburg PA
CBHW070755030726
47504CB00003B/571